| 16 | 3  | 2  | 13 |
|----|----|----|----|
| 5  | 10 | 11 | 8  |
| 9  | 6  | 7  | 12 |
| 4  | 15 | 14 | 1  |

# Narcisa Amália

# NEBULOSAS

*Apresentação*
*Maria de Lourdes Eleutério*

*Textos em apêndice*
*Pessanha Póvoa, Machado de Assis e Narcisa Amália*

editora 34

EDITORA 34

Editora 34 Ltda.
Rua Hungria, 592  Jardim Europa  CEP 01455-000
São Paulo - SP  Brasil  Tel/Fax (11) 3811-6777  www.editora34.com.br

Copyright © Editora 34 Ltda., 2025
Apresentação © Maria de Lourdes Eleutério, 2025

A FOTOCÓPIA DE QUALQUER FOLHA DESTE LIVRO É ILEGAL E CONFIGURA UMA
APROPRIAÇÃO INDEVIDA DOS DIREITOS INTELECTUAIS E PATRIMONIAIS DO AUTOR.

Agradecemos à Biblioteca Brasiliana Guita e José Mindlin PRCEU/USP
pela autorização de reprodução das imagens das páginas 8, 10 e 23b.

Imagem da capa:
*Retrato de Narcisa Amália por M. J. Garnier (detalhe),
reproduzido em* Sonetos brasileiros: século XVII-XX,
*organização de Laudelino Freire, Rio de Janeiro, Briguiet, 1904*

Capa, projeto gráfico e editoração eletrônica:
*Franciosi & Malta Produção Gráfica*

Comentários aos poemas:
*Alberto Martins*

Revisão:
*Alberto Martins, Cide Piquet, Danilo Hora, Diana Szylit*

1ª Edição - 2025

CIP - Brasil. Catalogação-na-Fonte
(Sindicato Nacional dos Editores de Livros, RJ, Brasil)

Amália, Narcisa, 1852-1924
A339n    Nebulosas / Narcisa Amália; apresentação
de Maria de Lourdes Eleutério — São Paulo:
Editora 34, 2025 (1ª Edição).
304 p.

ISBN 978-65-5525-223-1

1. Poesia brasileira - Século XIX.
I. Eleutério, Maria de Lourdes. II. Título.

CDD - 869.1B

# NEBULOSAS

Nota à presente edição ............................................. 7
Apresentação, *Maria de Lourdes Eleutério* .............. 11

### NEBULOSAS

Nebulosas ............................................................ 51

#### *Primeira parte*

Voto ................................................................... 59
Saudades ........................................................... 61
Linda ................................................................. 65
Aflita ................................................................. 71
Aspiração .......................................................... 75
Confidência ....................................................... 77
Desengano ......................................................... 81
Desalento ........................................................... 85
Agonia ............................................................... 89
Consolação ........................................................ 93
Amargura ........................................................... 95
Fragmentos ........................................................ 99
Cisma ................................................................ 101
Resignação ........................................................ 105

#### *Segunda parte*

Invocação ........................................................... 111
No ermo ............................................................. 115
O Itatiaia ........................................................... 123
Vinte e cinco de março ....................................... 131
Manhã de maio .................................................. 137
A Resende .......................................................... 141
Miragem ............................................................ 147

| | |
|---|---|
| Lembras-te? | 153 |
| À Lua | 157 |
| Sete de setembro | 161 |
| À Noite | 167 |
| Vem! | 171 |
| Pesadelo | 175 |

### Terceira parte

| | |
|---|---|
| Castro Alves | 187 |
| A A. Carlos Gomes | 193 |
| Visão | 197 |
| A festa de São João | 203 |
| Recordação | 211 |
| O sacerdote | 215 |
| Amor de violeta | 219 |
| O africano e o poeta | 223 |
| Sadness | 229 |
| O baile | 231 |
| Fantasia | 235 |
| Julia e Augusta | 239 |
| Noturno | 243 |
| A rosa | 247 |
| Ave-Maria | 251 |
| Os dois troféus | 255 |

### Apêndices

| | |
|---|---|
| Prefácio de *Nebulosas*, *Pessanha Póvoa* | 271 |
| Resenha de *Nebulosas*, *Machado de Assis* | 287 |
| Perfil de escrava, *Narcisa Amália* | 291 |
| A mulher no século XIX, *Narcisa Amália* | 293 |
| Por que sou forte, *Narcisa Amália* | 299 |

| | |
|---|---|
| *Sobre a autora* | 301 |
| *Sobre a autora da Apresentação* | 303 |

# NOTA À PRESENTE EDIÇÃO

Esta edição tem como base o texto da edição *princeps* de *Nebulosas*, publicada no Rio de Janeiro, em 1872, pelo editor B. L. Garnier, que integra o acervo da Biblioteca Brasiliana Guita e José Mindlin da Universidade de São Paulo.

A leitura atenta da primeira edição permitiu identificar e corrigir diversos equívocos de outras edições em circulação. O primeiro deles diz respeito à estrutura da obra. Como se pode verificar no índice do original, a Primeira Parte do livro inicia com o poema "Voto" e termina com "Resignação", compreendendo em sua maioria poemas de tonalidade intimista. As questões históricas e sociais ganham espaço na Segunda Parte, que principia com "Invocação" e conclui com um poema de combate, "Pesadelo". Essa organização do volume, planejada pela autora, foi infelizmente alterada em outras edições recentes de *Nebulosas*.

O cotejo minucioso com a primeira edição permitiu ainda restaurar o sentido original de muitos versos, tornando compreensíveis passagens antes obscuras. Por exemplo, no poema "Aflita" o correto é "Desde então, comprimindo atras [terríveis] angústias", e não "Desde então, comprimindo atrás angústias". Em "Amargura", o certo é "A eternal ventura almejo palpitante", e não "A eternal ventura palpitante", em que foi omitido o verbo. Em "À Lua", várias edições têm grafado erroneamente "a nudez intérmina" em lugar de "a mudez intérmina", que consta do original. Em "Os dois troféus", o correto é "Seus louros virgens mutila/ Nossa maça

# NEBULOSAS

POESIAS

DE

NARCIZA AMALIA

NATURAL DE S. JOAO DA BARRA

PROVINCIA DO RIO DE JANEIRO

———

RIO DE JANEIRO
**B. L. GARNIER**
LIVREIRO-EDITOR DO INSTITUTO
69, Rua do Ouvidor, 69

## INDICE

—

| | PAG. |
|---|---|
| Introducção | III |
| Nebulosas | 31 |

**PRIMEIRA PARTE**

| | |
|---|---|
| Voto | 33 |
| Saudades | 35 |
| Linda | 37 |
| Afflicta | 41 |
| Aspiração | 43 |
| Confidencia | 45 |
| Desengano | 47 |
| Desalento | 49 |
| Agonia | 51 |
| Consolação | 53 |
| Amargura | 55 |
| Fragmentos | 59 |
| Scisma | 61 |
| Resignação | 63 |

## INDICE

**SEGUNDA PARTE**

| | PAG. |
|---|---|
| Invocação | 67 |
| No Ermo | 69 |
| O Itatynia | 75 |
| Vinte e cinco de Março | 81 |
| Manhã de Maio | 85 |
| Á Rezende | 89 |
| Miragem | 95 |
| Lembras-te | 99 |
| Á Lua | 101 |
| Sete de Setembro | 103 |
| Á noite | 107 |
| Vem! | 111 |
| Pesadêlo | 113 |

**TERCEIRA PARTE**

| | |
|---|---|
| Castro Alves | 125 |
| Á-Carlos Gomes | 129 |
| Visto | 131 |
| A festa de S. João | 135 |
| Recordação | 145 |
| O Sacerdote | 147 |
| Amôr de violeta | 151 |
| O Africano e o Poêta | 155 |

## INDICE

| | PAG. |
|---|---|
| Sadness | 157 |
| O baile | 159 |
| Fantasia | 163 |
| Julia e Augusta | 167 |
| Nocturno | 169 |
| A rosa | 173 |
| Ave-Maria | 175 |
| Os dous trophéos | 179 |
| Notas | 191 |

FIM DO INDICE.

———

TYP. FRANCO-AMERICANA — Rua da Ajuda n. 18.

O frontispício e o índice da primeira edição de *Nebulosas*,
de 1872, com a divisão em três partes e a posição destacada
do poema inicial que dá título ao livro.

[clava] ensanguentada!", e não "Seus louros virgens mutila/ Nossa massa ensanguentada!" — e assim por diante, em mais dezenas e dezenas de casos que prejudicam sobremaneira a leitura.

Esta edição conta com ensaio introdutório da historiadora e socióloga Maria de Lourdes Eleutério, que discorre sobre a vida e a obra de Narcisa Amália (1852-1924), destacando a originalidade de sua atuação e, ao mesmo tempo, a importância das leituras e dos diálogos que a formaram como poeta, intelectual e militante abolicionista, republicana e feminista.

No intuito de aproximar *Nebulosas* dos leitores e leitoras de hoje, a ortografia foi atualizada (exceto quando isso comprometeria o esquema métrico ou rítmico do original), e todos os poemas do livro são acompanhados por notas às dedicatórias e às epígrafes, um glossário com as palavras de mais difícil compreensão e um comentário que oferece chaves de leitura para o entendimento do texto.

Completam a edição, em anexo, o prefácio original de Pessanha Póvoa à obra, a crítica de Machado de Assis feita no ano de seu lançamento (1872), o ensaio "A mulher no século XIX", de Narcisa Amália (1882), e dois poemas adicionais de sua autoria, "Perfil de escrava" (1879) e "Por que sou forte" (1886).

Retrato de Narcisa Amália, aos vinte anos de idade, publicado na primeira edição de *Nebulosas* em 1872.

# A INSUBMISSA NARCISA AMÁLIA

*Maria de Lourdes Eleutério*

> "Olhei para o futuro, escrevi o que pensava..."
> Narcisa Amália, "A nossa instrução"[1]

Poeta, tradutora, ensaísta, professora, abolicionista, republicana e feminista, Narcisa Amália de Oliveira Campos (1852-1924) é considerada uma das primeiras mulheres no Brasil a escrever regularmente para a imprensa e ser remunerada por sua produção. Tendo alcançado grande reconhecimento em sua juventude, foi posteriormente — como tantas outras vozes na história brasileira — relegada ao esquecimento. Agora, transcorridos cem anos de sua morte, vem à luz uma edição comentada de *Nebulosas*, o único livro de poemas dessa autora, publicado em 1872, que denunciou os graves problemas de seu tempo, os quais, em muitos aspectos, ainda não foram superados.

Neste ensaio, abordaremos alguns aspectos de sua vida e de sua obra, destacando seu pioneirismo, suas qualidades literárias e apontando obstáculos e preconceitos que contribuíram para o seu esquecimento.

### FORMAÇÃO

Filha de professores, Narcisa Amália nasceu numa família de posses medianas em São João da Barra, na foz do rio Paraíba do Sul, no estado do Rio de Janeiro, em 1852.

---

[1] *Diário do Rio de Janeiro*, 28/9/1874, p. 2.

Sua mãe, Narcisa Ignácia de Oliveira Campos (?-1906), era professora, e seu pai, Joaquim Jácome de Oliveira Campos Filho (1830-1878), foi poeta, redator e cofundador do jornal *O Paraybano* (1859-1870), um impresso pioneiro na cidade. Ele foi homenageado por d. Pedro II com a comenda da Ordem de Cristo, conferida aos mestres notáveis, quando da passagem do imperador por Resende, em 1874, ocasião na qual o monarca fez questão de conhecer Narcisa Amália, pedindo a ela um poema, mesmo sabendo que escrevia em jornais a favor da República.

Estimulada por seu pai, que lhe ensinou retórica, Narcisa se esmerou também no aprendizado de música, latim e francês desde muito cedo. Aos onze anos ela se mudou com a família para a cidade fluminense de Resende, no vale do rio Paraíba. Ali, próxima às montanhas de Itatiaia, na serra da Mantiqueira, e envolvida pela exuberante flora e fauna da Mata Atlântica, Narcisa pôde desenvolver uma afeição profunda pela natureza, aspecto que marcaria toda a sua obra poética.

Ambiente rico intelectualmente, no século XIX a cidade de Resende era considerada um núcleo de letrados e influiu significativamente na formação cultural da poeta. Por um lado, favoreceu a Narcisa a aquisição de conhecimentos por meio de seus estudos, tendo esta auxiliado sua mãe no exercício do magistério. Por outro lado, possibilitou-lhe uma aguda reflexão sobre as injustiças sociais. A economia do Vale do Paraíba era baseada na lavoura do café com exploração da mão de obra escravizada. O excedente de riqueza se refletiu na consolidação de grandes fazendas na região. Narcisa foi sensível às injustiças que observava no cotidiano e fez da denúncia do escravismo e da desigualdade uma das linhas de força de sua poesia.

Casar-se muito jovem era então um hábito comum, e Narcisa Amália não fugiu à regra: casou-se pela primeira vez quando não havia sequer completado catorze anos. Seu marido, João Batista da Silveira, tinha dezoito anos e pertencia a uma família tradicional de Resende, mas pouco afeito aos negócios e de vida boêmia, a abandonaria algum tempo depois, vindo a falecer em 1876.

Aos quinze anos, Narcisa já publicava seus textos no jornal local *Astro Rezendense*, e nos anos seguintes seguiria publicando neste e em vários outros órgãos da imprensa.[2] Dando mostra de grande amplitude de interesses e de recursos intelectuais, Narcisa traduziu, quando tinha dezoito anos, a obra *Os climas antigos*, de Gaston de Saporta (1823-1895), geólogo e paleobotânico francês, estudioso das transformações climáticas. Mais tarde traduziu ainda *História de minha vida*, de George Sand, pseudônimo da famosa escritora e feminista francesa Amantine Lucile Aurore Dupin de Francueil (1804-1876), e *Romance da mulher que amou*, de Arsène Houssaye (1815-1896), este último publicado pela editora Garnier.

Em 1871 ela viaja para o Rio de Janeiro para negociar a publicação de *Nebulosas* com a importante Garnier, citada

---

[2] Além do *Astro Rezendense*, então o jornal mais importante de Resende, Narcisa Amália publicou — sobretudo ao longo das décadas de 1870 e 1880 — em diversos periódicos do interior fluminense, como *O Paraybano* (São João da Barra), *Lux* (Campos), *O Friburguense* (Nova Friburgo), *O Fluminense* (Niterói), sem contar *O Garatuja* e *O Rezendense*, ambos de Resende. No Rio de Janeiro, a capital do país, ela colaborou com *O Domingo*, *A República*, *Correio do Brasil*, *Lábaro Acadêmico*, *Almanaque das Senhoras* e *A Família: Jornal Literário Dedicado à Educação da Mãe de Família* (São Paulo e Rio de Janeiro). Já em outros estados também se fez presente em *O Espírito Santo* (Vitória), *Diário de Pernambuco* (Recife), *A República* (Aracaju), *Diário Mercantil* (São Paulo), entre outros. O alcance de suas colaborações na imprensa era tal que seu conto "Nelúmbia" foi publicado em vários jornais, inclusive no *Jornal do Pará*, nos dias 19 e 20 de fevereiro de 1875. Colaborou também para a *Revista das Letras*, de Lisboa, publicando, por exemplo, em 1872, um extenso ensaio sob o título de "A música".

acima, editora que tinha em seu catálogo alguns dos mais ilustres escritores brasileiros, como José Martiniano de Alencar (1829-1872) e Joaquim Maria Machado de Assis (1839-1908), e grandes autores estrangeiros, como Honoré de Balzac (1799-1850) e Charles Dickens (1812-1870).

Naquele tempo era comum os escritores pagarem para ter sua obra publicada, mas esse não foi o caso de Narcisa Amália, que já era então bastante conhecida por sua atuação no meio jornalístico. A Garnier era, à época do lançamento de *Nebulosas*, a principal casa editorial do Brasil, e isso significava um prestígio enorme para a poeta, afinal, para as mulheres nesse período, "o sonho de publicar um livro era um projeto distante" e a expressão feminina permanecia "circunscrita ao espaço privado".[3]

Narcisa casou-se novamente em 1880, aos 28 anos de idade, com Francisco Cleto da Rocha, conhecido como "o Rocha Padeiro", dono da Padaria das Famílias, onde o casal foi morar. Narcisa, além de ajudar o marido, continuava a versejar e a receber amigos para saraus, nos quais tocava piano. Com o passar do tempo, Cleto, enciumado, vetou os saraus, "lacrou as janelas da casa" para que a poeta não tivesse contato com ninguém e, além disso, espalhou mentiras a seu respeito, dizendo que não era ela a autora dos versos que publicava.[4]

Em resposta a esse ato infame e autoritário, Narcisa Amália separou-se do segundo marido em 1887 e mudou-se para o Rio de Janeiro. Levava consigo sua única filha, Alice

---

[3] Para uma análise da condição das mulheres leitoras e escritoras no Brasil desse período, ver Maria de Lourdes Eleutério, *Vidas de romance: as mulheres e o exercício de ler e escrever no entresséculos (1890-1930)*, Rio de Janeiro, Topbooks, 2005.

[4] Segundo entrevista de Nilza Ericson, bisneta da poeta, à pesquisadora Anna Faedrich em 2020; ver caderno anexo ao livro *Escritoras silenciadas* (Rio de Janeiro, Macabéa, 2022, pp. 12 ss.).

Violeta, de cinco anos,[5] e sustentou ambas trabalhando como professora primária, tendo prestado concurso público.

## NEBULOSAS, O LIVRO

Em 17 de novembro de 1872, o jornal *A Reforma*, do Rio de Janeiro, publicava a seguinte nota: "Segue hoje para Resende a inspirada poetisa d. Narcisa Amália, depois de haver entregue ao sr. Garnier os autógrafos do mimoso livro que se intitula *Nebulosas*". Algumas semanas depois, em dezembro, vinha a lume a obra de Narcisa.

O termo "nebulosa" estava em evidência em meados do século XIX. Em 1857, Joaquim Manuel de Macedo, autor do clássico *A moreninha*, publicou um poema-romance com o título de *A nebulosa*; vários poetas citam o fenômeno celeste em suas composições e, nos jornais, havia sessões dedicadas às ciências, com artigos tais como "Via Láctea", "Mundo Sideral" etc. A própria epígrafe do poema "Nebulosas" indica que fenômeno celeste é esse: "Dá-se o nome de *nebulosas* às manchas esbranquiçadas que vemos aqui e ali, em todas as partes do céu".

Mas, lendo o poema, vemos que para a poeta as nebulosas adquirem um significado muito particular. Sua estrofe 6 deixa isso muito claro. Os quatro primeiros versos mostram a poeta desanimada e sem esperança:

> Um dia no meu peito o desalento
> Cravou sangrenta garra; trevas densas
> Nublaram-me o horizonte, onde brilhava
> A matutina estrela do futuro.

---

[5] *Idem, ibidem*. Alice Violeta Rocha se manteria sempre próxima da mãe e seguiu também a carreira de professora no Rio de Janeiro.

Vejamos o que acontece a seguir:

> Da descrença senti os frios ósculos;
> Mas no horror do abandono alçando os olhos
> Com tímida oração ao céu piedoso,
> Eu vi que elas, do chão do firmamento,
> Brotavam em lucíferos corimbos
> Enlaçando-me o busto em raios mórbidos!

"Elas", aqui, são as nebulosas. Quando a poeta se encontra no ápice "da descrença" e "do abandono", ela ergue os olhos e vê as nebulosas como que brotando "do chão do firmamento" — que bela imagem! — e sente-se confortada por seus "raios mórbidos" (*mórbidos* aqui no sentido de "cálidos, mornos, suaves").

Certamente por isso — porque as nebulosas são fonte de inspiração, de elevação e de visões diversas para essa poeta mulher apaixonada, intelectual e militante — o poema dá título ao livro e foi colocado logo na abertura, funcionando como uma introdução às três partes seguintes do volume.

A primeira parte de *Nebulosas* conta com catorze poemas. Quando observamos seus títulos, algo salta aos olhos. A grande maioria é composta por uma palavra só e designa um sentimento: "Saudades", "Aspiração", "Desengano", "Desalento", "Consolação" e outros. Por essa lista é possível notar que a obra de Narcisa tem afinidades com as inquietações e a estética do Romantismo, que tem na valorização dos sentimentos íntimos, na exploração da vida interior do sujeito, algumas de suas principais características. Manuel Antônio Álvares de Azevedo (1831-1852) e Casimiro José Marques de Abreu (1839-1860) foram, cada um à sua maneira, os principais expoentes do que se convencionou chamar de a "segunda geração romântica" do Brasil.

Não por acaso essa primeira parte do livro, subsequente ao poema "Nebulosas", abre com o poema "Voto", que tem uma epígrafe de Álvares de Azevedo. Epígrafe é a citação de um outro texto que precede o texto autoral. Ela tem várias funções: indicar o ponto de partida ou de chegada de um poema; dar uma dica para que o leitor compreenda o contexto do que será dito; ou pode, ainda, ser uma síntese do que o escritor quer transmitir. E também não deixa de ser uma forma de demonstrar conhecimento ou admiração pela obra de outra pessoa e de buscar legitimidade sob a sua tutela.

É como se a poeta nos avisasse de saída que seu poema se alinha à vertente intimista de Álvares de Azevedo e outros poetas da segunda geração romântica. E, de fato, encontramos nessa seção do livro muitas páginas líricas, emotivas, por vezes provocadoras, e versos reveladores de uma infinidade de leituras que a argúcia de Narcisa soube transformar em poemas inspirados e contundentes.

Vejamos o poema "Confidência", por exemplo. A palavra escolhida para o título já indica que se trata de um diálogo íntimo; no caso, com Joanna de Azevedo, amiga de infância de Narcisa, a quem o poema é dedicado:

> Pensas tu, feiticeira, que te esqueço;
> Que olvido nossa infância tão florida;
> Que a tuas meigas frases nego apreço...
>
> Esquecer-me de ti, minha querida!?...
> Posso acaso esquecer a luz divina
> Que rebrilha nas trevas desta vida?

O poema, composto em estrofes de três versos, chamadas "tercetos", e com um esquema de rimas elaborado (ABA BCB CDC DED e assim por diante), apresenta uma forma bastante adequada para expressar a memória terna da infância. Com uma delicadeza quase faceira, o texto convoca o leitor e a leitora para que se coloquem no lugar da amiga

Joanna e ouçam também a confidência íntima que a poeta tem a fazer.

\* \* \*

Narcisa Amália foi uma grande leitora, e absorveu não apenas os temas e os modos dos poetas da segunda geração romântica, mas também daquela que a precedeu: a chamada "primeira geração", que teve um de seus maiores nomes em Antonio Gonçalves Dias (1823-1864), um dos poetas de sua predileção.

A obra dessa geração, que começa a se impor após a independência do país em 1822, é marcada pelo desejo de construir uma identidade nacional e, para tanto, elege a figura do índio como herói e celebra a exuberante natureza brasileira com espírito patriótico.

Assim, também na segunda parte de *Nebulosas* encontramos vários poemas que são cantos celebratórios à natureza. Um dos mais representativos é "O Itatiaia". Com quinze estrofes compostas em versos emparelhados, é acompanhado por uma nota da autora esclarecendo ser essa montanha o "pátrio ponto culminante", pois o Itatiaia — situado na serra da Mantiqueira, entre Rio de Janeiro e São Paulo —, onde estão as Agulhas Negras, era considerado então o ponto mais alto do Brasil.[6]

---

[6] O primeiro a tentar escalar as Agulhas Negras foi José Franklin Massena em 1856 (citado por Narcisa em sua nota ao poema), que fez uma escalada apenas parcial e estimou sua altura em 2.994 metros. Posteriormente, outras medições corrigiram esse dado, sendo a última realizada em 2016 pelo IBGE, o Instituto Brasileiro de Geografia e Estatística, que estabeleceu a altitude de 2.790,94 metros para o Pico das Agulhas Negras. Dada a sua paisagem excepcional, em 1937 foi criado o Parque Nacional do Itatiaia, o primeiro parque nacional do Brasil.

A primeira estrofe declara, de saída, o intuito de cantar a magnificência da natureza do país:

Ante o gigante brasíleo,
Ante a sublime grandeza
Da tropical natureza,
Das erguidas cordilheiras,
Ai, quanto me sinto tímida!
Quanto me abala o desejo
De descrever num arpejo
Essas cristas sobranceiras!

O poema como que encena, à sua maneira, a ascensão do pico do Itatiaia, que é saudado, na estrofe 11, como o "brasíleo Himalaia", isto é, o Himalaia brasileiro. E descreve as paisagens que o circundam: os "vales" cheios de relva, as "florestas seculares", os riachos com seu "diadema de lumes", a torrente do rio "Aiuruoca em cascata". A poeta dedica também uma estrofe para cantar os recursos hídricos — os rios afluentes que vão desaguar à distância, no rio Paraná e no Prata, e os lagos que estão na base da montanha como um "tálamo", isto é, como um leito de onde se veem as elevações.

Em três lagos vejo o tálamo
Onde as agulhas se elevam,
Neles constantes se cevam
Três espumosas vertentes;
Do Paraná galho ebúrneo
Do Mirantão se desprende
E, sem que banhe Resende,
Leva ao Prata os confluentes!

Noutra passagem, o poema descreve um momento da escalada em que, devido à altitude, "Nem mais um tronco viceja", isto é, não crescem mais árvores, mas apenas pequenos arbustos e ervas que rastejam sobre o solo de "granito" e "quartzito" das Agulhas Negras:

> A ericínea rasteja
> Sobre as fendas do granito:
> Tapeta o solo a nopálea,
> Verte eflúvios a açucena,
> E a legendária verbena
> Coroa o negro quartzito!

Outro poema em que transparece o amor de Narcisa pela natureza é "A Resende", dedicado à cidade que tanto marcou sua vida. Aqui a poeta se apresenta como uma andarilha que trilhou vários caminhos, mas volta à cidade e, numa referência ao Itatiaia, ouve a força da sua natureza:

> Enfim, de meu peregrinar cansada,
> Pouso em teu colo a suarenta fronte,
> E, contemplando as pétreas cordilheiras,
> Ouço o rugir de tuas cachoeiras!

Duas estrofes, das onze que compõem o poema, são iniciadas com a ação de caminhar: "Caminhei, caminhei sem ter descanso" (v. 25) e "Caminhei inda mais: com nobre empenho" (v. 33). A reiteração do verbo "caminhar" chama a atenção para a dimensão do peregrinar da poeta, que se desloca entre pelo menos duas cidades, a amada Resende, "éden de encantos" (v. 10) e o Rio de Janeiro.

A quinta estrofe traz uma nota da autora, esclarecendo que o verso 34, "Penetrei no sagrado santuário", refere-se ao ateliê (a "oficina") do pintor Pedro Américo de Figueiredo e Mello (1843-1905), onde ela pôde apreciar o trabalho do artista e contemplar duas de suas famosas obras:

Vi surgir sobre a tela, à luz do engenho,
E povoar o templo solitário
Da Carioca a lânguida figura,
De Nhaguaçu o feito de bravura!...

Deve ter sido uma experiência marcante observar, na presença de seu criador, a tela *A Carioca*, com sua "lânguida figura" (v. 39) feminina, despida. Realizada na década de 1860, a pintura causou polêmica ao ser exposta no Rio de Janeiro. A tela, que havia sido presenteada ao imperador Pedro II, foi preterida pelo administrador imperial por considerá-la imoral.[7]

A outra tela mencionada no poema retrata um episódio da Guerra do Paraguai ocorrido em 1869, quando o Conde d'Eu teve sua vida salva por um oficial brasileiro. Trata-se da *Batalha de Campo Grande*, pintada por Pedro Américo em 1871. Narcisa se refere a ela pelo nome guarani, "Nhaguaçu" (v. 40, conhecida também como "Nhu-Guaçu").

Quase ao fim do poema, depois de descrever as diferentes paragens por onde andou, Narcisa comove-se ante o rio Paraíba do Sul, que banha Resende e banha também São João da Barra, onde a poeta nasceu — daí o "meu rio natal" na penúltima estrofe:

Na corola da flor de minha vida
Se aninha agora inspiração mais pura;
De meu rio natal a voz sentida
Desperta em mim o mundo de ternura!

---

[7] A tela vista por Narcisa Amália foi realizada entre 1863 e 1864; oferecida posteriormente a Guilherme I (1797-1888), rei da Prússia e imperador da Alemanha, é atualmente considerada perda de guerra. Há uma segunda versão, pintada em 1882, pertencente ao Museu Nacional de Belas Artes, no Rio de Janeiro.

Nesse poema, e em outros do livro, o sentimento predominante de Narcisa perante a natureza pode ser sintetizado num verso de "Manhã de maio":

A natureza é uma ode imensa.

Ou seja, a natureza, tal como um poema lírico, também canta, reverberando a vastidão do espaço infinito, do céu, do mar, das montanhas... E o efeito que a natureza produz é muito semelhante ao das nebulosas no poema de abertura do livro, que são fonte de inquietação, mas também de inspiração e elevação. Pois quem dela se aproxima, como diz a estrofe 12 de "O Itatiaia",

Liberta seu pensamento
Das amarguras terrestres!

\* \* \*

Há uma terceira vertente do Romantismo que também tem grande destaque na produção de Narcisa Amália. Trata-se do sentimento de rebeldia que clama contra o poder autoritário e as injustiças sociais. Isso se manifesta em vários poemas da segunda parte de *Nebulosas*, como "Vinte e cinco de março", "Miragem" ou "Sete de setembro". Porém, o texto com certeza mais afirmativo nesse sentido é o longo poema "Pesadelo", dedicado a seu pai, e que é quase uma aula de história em três partes.

Na primeira delas, com versos ondulatórios de doze sílabas, as oito estrofes passam em revista combates por justiça desde a Grécia e a Roma antigas até revoltas ditas modernas, na Inglaterra de Oliver Cromwell (1599-1658) (estrofe 5) e na Polônia de Andrzej Tadeusz Kosciuszko (1746-1817) (estrofe 7), ambos líderes revolucionários que se ergueram contra o absolutismo autoritário.

*Batalha de Campo Grande*, de 1871, monumental tela de Pedro Américo exibida na XXII Exposição Geral da Academia Imperial de Belas Artes do Rio de Janeiro, em 1872, para um público de mais de 60 mil pessoas. Narcisa Amália viu a obra no ateliê do artista na Academia.

Dedicatória de Narcisa Amália em exemplar de *Nebulosas* para o crítico português Luciano Cordeiro, que publicou uma extensa resenha da obra em seu livro *Estros e palcos*, de 1874.

A parte II, inteiramente composta em redondilhas maiores (ou seja, em versos de sete sílabas), canta a Revolução Francesa de 1789, que levou os reis à guilhotina, e, coerentemente, assim principia:

> Salve! oh! salve Oitenta-e-Nove
> Que os obstáculos remove!

E prossegue:

> Rolam frontes laureadas,
> Tombam testas coroadas
> Pelo povo condenadas
> Ao grito — revolução!

Nessa segunda parte, as estrofes vão delineando os embates do processo revolucionário na França, e cada uma delas traz, como último verso, um momento explícito da luta, sempre repisando ao final a palavra "revolução":

> — Abaixo a revolução!
> [...]
> À luz da revolução!
> [...]
> Confirma a revolução.

Na parte III a voz da poeta se dirige diretamente à jovem nação brasileira:

> Contempla, minha pátria, sobranceira,
> Dessas hostes os louros refulgentes;
> E procurando a glória em teus altares
> Entretece uma c'roa a Tiradentes.

E, nas estrofes seguintes, louva a luta de rebeldes e insurgentes como Joaquim Nunes Machado (1809-1849) e Pedro Ivo Veloso da Silveira (1811-1852), combatentes da Revolução Praieira em Pernambuco e que morreram, assim como Tiradentes, pela causa da nossa independência. Na estrofe 4, a poeta se refere a esta como "amesquinhada independência", devido ao protagonismo conferido à pessoa de Pedro I e não aos líderes citados por ela, que efetivamente tomaram parte na luta.

"Pesadelo" termina com um chamado poderoso para que a nação se liberte da monarquia reinante:

> Então, ó minha pátria, num lampejo
> Os erros surgirão da majestade;
> E arrojarás ao pó cetros e tronos
> Bradando ao mundo inteiro — liberdade!

Vale lembrar que Narcisa Amália está escrevendo em pleno reinado de d. Pedro II, o que confere ao seu brado poético uma nota extra de coragem. Na realidade, ela não é a única a se expressar dessa forma em seu tempo; mas é preciso dizer que ela está em plena sintonia com o anseio por liberdade que se manifesta então, na segunda metade do século XIX, em vários países e em vários setores da vida.

No caso específico de Narcisa Amália, seu anseio por liberdade se manifesta num desejo profundo, aguerrido, de emancipação: a emancipação do povo, no terreno da política, e a emancipação do negro e da mulher, na vida da sociedade brasileira.

Destemida abolicionista e republicana, Narcisa torna sua escrita plena de intenção social, propagando os ideais de uma nova ordem. Nesse movimento, ela se aproxima bastante da poesia de Antonio Frederico de Castro Alves (1847-1871), o grande nome da terceira geração romântica no Brasil. Esta é uma poesia de gesto largo, também dita "condoreira", em alusão ao condor, a ave sul-americana que vive em grandes altitudes e tem assim um campo visual da maior amplidão.

O genial poeta baiano, dotado de grande poder de oratória e uma capacidade ímpar de criar imagens de profundo impacto, mudou os rumos da poesia brasileira não só ao tematizar o sentimento da natureza e amores imaginários, mas ao dar ênfase à causa abolicionista que ganhava cada vez mais força.

Ele morreu um ano antes da publicação de *Nebulosas*, aos 24 anos, e é com um poema em sua homenagem que Narcisa Amália abre a terceira parte de seu livro.

Em "Castro Alves", Narcisa delineia a vida e a obra do poeta, inicialmente lamentando a perda do "pálido cantor da liberdade!", nascido na terra do histórico Dois de Julho,[8] para em seguida fazer referências a vários de seus poemas ("Pedro Ivo", "As três irmãs do poeta", "Os três amores"). No entanto, é no célebre "Mocidade e morte" que a poeta se detém. O poema é uma espécie de balanço da vida, que Castro Alves constrói por meio de um diálogo entre o eu lírico, que deseja viver, e uma voz que lhe responde que a morte está próxima:

---

[8] Embora d. Pedro I tenha proclamado a independência do Brasil em 7 de setembro de 1822, a Bahia permaneceu sob forte controle português. Tropas e voluntários brasileiros, com apoio popular, iniciaram uma série de batalhas, tanto no interior quanto na capital, contra as forças comandadas pelo general português Inácio Luís Madeira de Melo. Após meses de resistência, as tropas brasileiras entraram vitoriosas em Salvador em 2 de julho de 1823. Em homenagem a essa data histórica, Castro Alves escreveu vários poemas, entre eles, "Ode a Dois de Julho" (1863), também chamado "Ao dia Dois de Julho", exaltando a bravura e o espírito de resistência do povo baiano.

Oh! Eu quero viver, beber perfumes
Na flor silvestre, que embalsama os ares;
Ver minh'alma adejar pelo infinito,
Qual branca vela n'amplidão dos mares.
No seio da mulher há tanto aroma...
Nos seus beijos de fogo há tanta vida...
— Árabe errante, vou dormir à tarde
À sombra fresca da palmeira erguida.

Mas uma voz responde-me sombria:
Terás o sono sob a lájea fria.

Numa prova de identificação profunda com Castro Alves, Narcisa entra no diálogo, alterando o tempo verbal e recriando os versos originais do poeta da seguinte maneira:

"Eu queria viver, beber perfumes
Na flor silvestre que embalsama o éter;
Ver su'alma adejar pelo infinito
Qual branca vela n'amplidão dos mares;
Sentia a voraz febre do talento,
Entrevia um esplêndido futuro
Entre as bençãos do povo; tinha n'alma
De amor ardente um universo inteiro!

"Mas uma voz lhe respondeu sombria:
— Terás o sono sob a lajem tosca!"

O poema termina em tom de comovida homenagem:

E lá da eternidade onde repousas
Acolhe o canto meu que o pranto orvalha!...

\* \* \*

O poema estruturado como diálogo é uma forma que aparece várias vezes na obra de Narcisa Amália. Um exemplo de grande valor se encontra em "O africano e o poeta",[9] que denuncia as condições sub-humanas dos escravizados. O poema é dedicado ao escritor e jurista Celso Tertuliano da Cunha Magalhães (1849-1879), com quem possivelmente Narcisa se correspondeu e que é também o autor dos versos escolhidos para a epígrafe do poema "Vinte e cinco de março".[10]

"O africano e o poeta" é composto de seis estrofes, cada uma delas com dois movimentos. O primeiro movimento de cada estrofe, de oito versos, aborda o percurso do africano escravizado desde sua terra natal, o "pátrio valado", até o novo continente, lugar desconhecido onde se vê "sem lar, sem amigos", vivendo "imenso desgosto", depois de ter atravessado o "vasto mar".

O segundo movimento de cada estrofe, de quatro versos, coloca as perguntas: "Quem pensa?", "Que sente?", "Quem quer?", "Quem vê?", "Quem há?...", "Quem há-de?...".

---

[9] Índice da popularidade de Narcisa Amália na época, "O africano e o poeta" foi musicado pelo compositor João Gomes de Araújo (1846-1943) como uma modinha, com partitura original para piano editada pela casa Arthur Napoleão & Cia. e anunciada em propaganda nos jornais.

[10] Escritor, poeta, promotor e jurista, Celso Magalhães era uma referência de justiça e de ativismo para Narcisa Amália. Em dezembro de 1871, Magalhães dedicou a ela o poema "Flores do Natal". Ambos partilhavam ideais de liberdade e se posicionavam abertamente a favor da libertação dos escravizados. Em 1877, cinco anos após a publicação de "O africano e o poeta", Celso Magalhães levaria a júri, em São Luís do Maranhão, a senhora Ana Rosa Vieira Ribeiro, conhecida pelos maus tratos que impunha a seus escravizados, particularmente crianças. Apesar de Magalhães ter demonstrado as atrocidades realizadas por ela, Ana Ribeiro, futura Baronesa de Grajaú, acabou absolvida. Seu marido, um político de prestígio que mais tarde seria vice-presidente da Província do Maranhão, fez o promotor perder o cargo.

E praticamente no centro do poema, na metade da estrofe 3, está posta a indagação central do "africano":

> Mas este queixume
> Do triste mendigo
> Sem pai, sem abrigo,
> Quem quer escutar?...

A resposta, a cada uma das seis estrofes, é sempre: "O poeta". Dessa forma, o texto coloca o poeta no lugar de escuta do africano, isto é, no lugar de quem ouve seu "canto tristonho" (primeiro verso do poema) e é solidário com ele. Isso só é possível porque a voz que fala no poema entende que o lamento provém de outro ser humano, e não de uma mercadoria, que é como os africanos eram vistos na relação proprietário-escravizado.

É possível que a inspiração para um poema tão inusitado tenha vindo dos versos de "A canção do africano", de Castro Alves. Esse poema foi recolhido em livro postumamente, no volume *Os escravos* (1883), mas é provável que Narcisa o tenha conhecido quando de sua publicação na imprensa no ano de 1863. Em algumas estrofes desse poema, que é considerado o primeiro de temática abolicionista, o poeta observa e ouve o cantar do africano saudoso de sua terra e o registra, intercalando tal registro com o que pensa da situação do escravizado. "A canção do africano" traz já no título o compromisso de dar voz ao escravizado; mas podemos dizer que, de certo modo, em "O africano e o poeta" Narcisa é mais incisiva, pois elabora um diálogo entre o africano e o poeta, colocando o escravizado na condição de agente.

Os escravizados também estão presentes em outro poema da terceira parte de *Nebulosas*. Trata-se de "A festa de São João", um poema longo, pontuado pelo sentimento humanitário e pela personalidade introspectiva da poeta, no qual Narcisa recorda os festejos juninos ocorridos em fazenda próxima de Resende.

De início, ele parece ser formado apenas por lembranças felizes ("Ó noite plena de celeste encanto"), e — como sinal da harmonia que reina nessa noite de São João, ao redor "de uma fogueira ardente" — o primeiro e o último verso de cada estrofe da parte I do poema se repetem, como que fechando essa harmonia sobre si mesma.

No entanto, a penúltima estrofe dessa primeira parte traz um índice de estranhamento, traduzido aqui pela palavra "extravagante". Vejamos:

> Corre o tambor a extravagante escala
> Seguindo o canto que murmura o escravo;
> Negra crioula a castanhola estala,
> E à voz robusta que levanta um — bravo! —
> Corre o tambor a extravagante escala.

A poeta, em meio ao encantamento da noite festiva, observa o canto ritmado pelo tambor e pela castanhola dos escravizados, registrando a manifestação sonora de um tambor que percorre "extravagante escala", isto é, ela reconhece uma estrutura rítmica percussiva diferente, uma sonoridade a que não está habituada, pois se encontra fora de seu ambiente musical. Essa sonoridade "extravagante" é, provavelmente, um batuque, uma manifestação de resistência cultural, um rememorar dos escravizados como elemento inseparável de seu sentimento de pertencimento ancestral.

A segunda parte do poema anuncia o amanhecer ("a aurora rubra") e a continuidade das celebrações na capela da fazenda, quando

> A criancinha dileta
> Rindo recebe o batismo

Vem depois uma cena de libertação de escravizados, conforme os versos:

Num raio de caridade
À terra baixou radioso
O anjo da liberdade;
Que a fortes pulsos escuros
Unindo seus lábios puros
Partiu um grilhão atroz;
E de infelizes escravos
Fez talvez dez homens bravos,
Talvez dez outros heróis!

A terceira parte do poema trata dos encantos dessa "noite de magia e enleio", em que os "perfumes sutis causam vertigens" e no salão animado os casais dançam e flertam "aos sons da tentadora contradança". Porém, a poeta não se sente integrada nessa "noite divinal", e o poema termina em tom sombrio:

Só eu meio à turba que doudeja
Sou como a Esfinge que o Atbara beija
Sem vida... sem calor...

É significativo que, para ressaltar sua distância e seu estranhamento em meio à celebração festiva, a poeta se compare a elementos que estão na África (a Esfinge de Gizé, no Egito, e o rio Atbara, um afluente do rio Nilo), continente de onde provém também a "extravagante escala" da música dos escravizados.

A longa narrativa de "A festa de São João" é dedicada a Marianna Candida de Meireles França, proprietária da Fazenda Esperança. No jornal *Astro Rezendense* há um artigo redigido pelo pai de Narcisa sobre essa fazenda. No texto em questão, Jácome de Campos dá informações sobre a produção local e observa que, em ocasiões de batismo dos filhos dos proprietários da fazenda, havia o costume de alforriar escravizados.[11] Entende-se, assim, a relação do batismo e do "anjo da liberdade" na estrofe 5 da segunda parte.

Por esses poemas, vemos que Narcisa Amália enfrentava temas pouco usuais para uma mulher de sua época. Destemida abolicionista e republicana, ela se inseriu nos debates então quase diários na imprensa brasileira sobre a identidade nacional, a manutenção ou abolição da escravatura, o melhor regime político para o país (monarquia ou república), publicando em periódicos antimonarquistas como *A República* e *A Reforma*, ambos do Rio de Janeiro.

A ousadia dessa escritora que partilhava do mote "Liberdade, Igualdade, Fraternidade", que correu o mundo na esteira da Revolução Francesa de 1789, foi notável.

Vejamos agora como sua obra foi recebida.

### NEBULOSAS, A RECEPÇÃO DA OBRA

O livro de Narcisa Amália veio a público com prefácio do jornalista, escritor e político José Joaquim Pessanha Póvoa (1836-1904), nascido em São João da Barra, no Rio de Janeiro, assim como ela, e considerado então um "descobridor de talentos". É um prefácio relativamente longo, num estilo pomposo e cheio de palavras grandiloquentes, o que dá uma ideia de como soava certa crítica na época.

A primeira parte de sua apresentação é dedicada a generalizações sobre arte, cultura e política. Só na segunda parte ele passa a comentar realmente o livro de Narcisa, situando a autora entre os renomados poetas românticos seus con-

---

[11] Jácome de Campos, artigo publicado no *Astro Rezendense*, 1872, transcrito por Maria Celina Whately em *Resende: a cultura pioneira do café no Vale do Paraíba*, Niterói, Editora Gráfica La Salle, 2003.

# PARNASO PORTUGUEZ

## MODERNO

PRECEDIDO DE UM ESTUDO
DA
**POESIA MODERNA PORTUGUEZA**
POR
THEOPHILO BRAGA

Professor de Litteraturas modernas no Curso Superior de Lettras

LISBOA
FRANCISCO ARTHUR DA SILVA — EDITOR
72, Rua dos Douradores, 72
1877

### INDICE

Junqueira Freire:
  Martyrio .................... 176
  Tambem ella ................. 177
Gonçalves Magalhães:
  A flor Suspiro .............. 179
Fagundes Varella:
  Lyra ........................ 180
  O mesmo ..................... 181
  Serenata .................... 182
  Estancias ................... 184
  O canto dos Sabiás .......... 186
Castro Alves:
  O adeus de Thereza .......... 188
  Immensis orbibus anguis ..... 190
  Quando eu morrer ............ 192
  Os perfumes ................. 193
Joaquim Serra:
  Rasto de sangue ............. 195
  A minha Madona .............. 197
Sousa Pinto:
  As duas Escravas ............ 198
Bernardo Guimarães:
  Cantiga ..................... 200
Machado Assis:
  Quando ella falla ........... 202
  O lequu ..................... 203
Bruno de Seabra:
  Laura ....................... 204
Lucio de Mendonça:
  A protecção dos reis ........ 206
Narcisa Amalia:
  Fragmentos .................. 207
Bettencourt Sampaio:
  Ai de mim ................... 208
Dias Carneiro:
  A — ......................... 209

### INDICE

Soneto ........................ 137
Sousa Viterbo:
  A Republica ................. 138
  Hetairas .................... 139
  Ao Sol ...................... 140
Candido de Figueiredo:
  Trévas ...................... 141
Gomes Leal:
  Ouro ........................ 142
  A Canalha ................... 143
Bettencourt Rodrigues:
  Ao combate .................. 147
Claudio José Nunes:
  Um Heroe .................... 150
Luiz de Campos:
  Esposa, filha e mãe ......... 152

### PARTE II
### OS LYRICOS BRAZILEIROS

Alvares de Azevedo:
  Sonhando .................... 157
  Soneto ...................... 160
  Lembrança de morrer ......... —
  No dia do enterro de *** .... 162
  Trindade .................... 165
  Se eu morresse ámanhã ....... 166
Gonçalves Dias:
  Pedido ...................... 167
  Lyra ........................ 168
  O Somno ..................... 169
  Meu anjo escuta ............. 170
Casimiro de Abreu:
  Amor e medo ................. 172
  Na rede ..................... 174

Páginas da coletânea *Parnaso português moderno*, de 1877, com Narcisa Amália ao lado dos grandes poetas românticos brasileiros, e um retrato seu realizado para o livro *Sonetos brasileiros*, de 1904.

temporâneos — Gonçalves Dias, Casimiro de Abreu, Álvares de Azevedo — para enaltecer seus predicados, afirmando ser ela "a primeira poetisa desta nação".

O prefaciador nomeia também outras escritoras contemporâneas, como Delfina da Cunha (1791-1857), Nísia Floresta Brasileira (1810-1868) e Beatriz Brandão (1779-1868), mas considera Narcisa a mais instruída de todas, e única na exaltação patriótica da natureza e na crítica a episódios históricos. Ao final deste volume, incluímos na íntegra o prefácio de Pessanha Póvoa.

Uma crítica importante, e distinta da de Póvoa, foi a resenha feita por Machado de Assis para a *Semana Ilustrada* em dezembro de 1872. Machado, que havia publicado seu primeiro romance, *Ressurreição*, nesse mesmo ano, é muito mais sóbrio e, assim como Póvoa, abre espaço para reproduzir poemas da autora. No entanto, suas primeiras linhas trazem uma frase que hoje nos choca: "Não sem receio abro um livro assinado por uma senhora". Na sequência, Machado modula e relativiza essa afirmação, esclarecendo que as mulheres podem ser poetas ("e dos melhores"), mas a frase não deixa de tornar visível o preconceito então corrente numa sociedade fortemente patriarcal, em que as mulheres eram tidas como intelectualmente inferiores aos homens.

Em que pese o comentário inicial, Narcisa sai-se muito bem no julgamento de Machado. A leitura de *Nebulosas* deixa no futuro autor de *Memórias póstumas de Brás Cubas* "excelente impressão. Achei uma poetisa, dotada de sentimento verdadeiro e real inspiração". E o escritor nota ainda, de passagem, uma qualidade que o tempo iria acentuar: o caráter político de seus versos, "de energia não vulgar". Essa pequena crítica, mesmo com algumas ressalvas, já é em si uma consagração.

Entretanto, ao contrário de Machado de Assis, muitos não viram na ousadia política da poeta uma qualidade, mas um incômodo. É o caso de Carlos Augusto Ferreira (1844-

1913), colaborador de intensa projeção nos jornais da época. Vejamos um trecho de sua crítica publicada no jornal *Correio do Brasil*, em 29 de dezembro de 1872. Para ele, Narcisa Amália

> [...] perante Deus não seria somente uma mulher, seria um poema; perante os desgraçados, uma consolação; perante os ignorantes, um admirável exemplo de espírito e estudo!
>
> Mas perante a política, cantando as revoluções, apostrofando os reis, endeusando as turbas, acho-a simplesmente fora de lugar e nisto estou em completo desacordo com o autor do prólogo das *Nebulosas*, o distinto sr. dr. Pessanha Póvoa. Releve-me ela esta opinião, mas creio que andou mal, aconselhando a distinta poetisa a cultivar de preferência o gênero épico. Em primeiro lugar, o talento da ilustre dama não tem a virilidade precisa para as audácias da empresa, não tem, e o melhor é deixá-lo na sua esfera perfumada de sentimento e singeleza; em segundo lugar, porque há o que quer que seja de desconsolador, quando se escuta a voz delicada de uma senhora aconselhando as revoluções...[12]

Este é um comentário de duplo padrão crítico, isto é, para a produção poética de caráter lírico, que contempla a infância, exalta a natureza e louva a pátria, a poeta é admirável "na sua singeleza", possuindo grande valor imaginativo e formal. Porém, quando a temática do louvor à terra se adensa com reflexões sobre nossa independência política, ou aborda questões como a mão de obra escravizada e a falta de instrução para as mulheres, aí então as ideias, que eram na verdade denúncias, estariam "fora de lugar". Vemos clara-

---

[12] *Correio do Brasil*, Rio de Janeiro, ano I, nº 406, 29/12/1872.

mente que o resenhista quer dividir o mundo entre aqueles que podem opinar sobre política e aqueles — ou melhor, aquelas — que não podem opinar.

De fato, muitos críticos ficam atônitos com o teor político dos versos amalianos, como o escritor português Rangel de Lima, que registra seu espanto diante da qualidade e da agudez da temática que mais se assemelha ao "trabalho de um poeta de combate, do que estrofes saídas da pena de uma senhora".[13]

Após o lançamento de *Nebulosas*, Narcisa foi alvo de diversas homenagens, tendo recebido uma lira e uma pena de ouro como símbolos de excelência poética, informação noticiada pelo jornal *A Reforma*, que chamou a autora de "a Safo Brasileira".[14] Só essa comparação já nos dá a dimensão do prestígio alcançado por ela nos meios literários, na medida em que o nome de Safo atravessou os séculos como sinônimo de qualidade poética e afirmação feminina.

Mas, apesar das homenagens e das várias notas publicadas na imprensa, a obra de Narcisa Amália assusta a crítica, quase que totalmente masculina. Sua percepção do contexto brasileiro e seus ideais libertários são avançados demais para um país tão conservador. Assim, muitos dos elogios que lhe fazem são matizados por uma nota veladamente depreciativa, como "a princesa das letras", "a gentil senhora", "a inteligente sonhadora" — dando a entender que a poesia feita por mulheres se equipara à distração de um sonho, sem ter peso real.

---

[13] Rangel de Lima (1839-1909), escritor, crítico e diretor da *Revista Artes e Letras*, Lisboa, abril de 1873, p. 63.

[14] O jornal carioca *A Reforma*, de 13 de fevereiro de 1873, anuncia uma festa em homenagem a Narcisa Amália e faz referência a poeta lírica grega Safo (VII-VI a.C.), cuja poesia originalíssima é reconhecida até os dias de hoje. Safo também é mencionada por Narcisa no poema "Aflita", da primeira parte de *Nebulosas*.

LETRAS COMPARTILHADAS

Um contraponto importante à adversidade da crítica é o círculo de sororidade que se cria no Brasil do século XIX. Isto é, mulheres que, sem se conhecerem, partilham dos mesmos ideais emancipatórios, como o direito ao estudo, ao trabalho, à profissionalização e à produção nas artes. Como forma de resistência e combate ao silenciamento, estabelecem redes para a divulgação e o compartilhamento de suas realizações, reafirmando a necessidade imperativa de seu acesso à educação e o reconhecimento intelectual da mulher.

Em um país de enormes distâncias e comunicações precárias, as escritoras — ou aspirantes a escritoras — multiplicam sua participação tanto na grande imprensa quanto em impressos criados em formatos diminutos como *A Gazetinha: Folha Dedicada ao Belo Sexo*, iniciativa de Narcisa Amália quando ainda morava em Resende. Os periódicos femininos, apesar das dificuldades, proliferaram. Surgiram títulos como *O Belo Sexo* (1862) ou *Jornal das Damas* (1873), entre outros. Narcisa colaborou em duas ocasiões para *A Mensageira*, de São Paulo, o principal impresso agregador da luta emancipatória feminina.[15] Também escreveu para *A Família: Jornal Literário Dedicado à Educação da Mãe de Família*, jornal que se manteve ativo entre 1888 e 1897. De modo geral, esses impressos traziam assuntos variados, com seções dedicadas à literatura, a exposições de arte, e reforçando sempre o clamor pela educação das mulheres.

---

[15] *A Mensageira* lançou 36 números, entre 1897 e 1900. As colaborações de Narcisa Amália foram a crônica "A paisagem" (nº 31, ano II, agosto de 1899) e o poema "Ouvindo um pássaro" (nº 34, ano II, novembro de 1899); ver edição fac-similar em dois volumes: São Paulo, Secretaria da Cultura/Imprensa Oficial, 1987.

Narcisa Amália tornou-se então "referência e reverência daquelas mulheres que pretendiam dedicar-se à literatura".[16] Seu único livro constituiu-se num "guia das leitoras que almejavam realizar-se nas artes, não só na criação literária. Suas colaborações na grande imprensa, assim como nas folhas femininas, fizeram da insubmissa intelectual "um polo de força de vontade, inspiração e realização"[17] para tantas vocações a despertar.

Em 1874, outro feito notável para a época: Narcisa prefaciou *Flores do campo*, livro de poemas de Ezequiel Freire (1850-1891).[18] O ensaio, com o título "Duas palavras sobre o livro", tem quinze páginas, nas quais Narcisa deixa clara sua erudição citando os mais influentes poetas românticos: os alemães Friedrich Schiller (1759-1805) e Johann Wolfgang von Goethe (1749-1832), o inglês Lord George Gordon Byron (1788-1824), além de alguns românticos brasileiros. Transcreve também versos da escritora francesa Sophie Gay (1776-1852) para reforçar seu argumento de que a poesia é para "deslumbrar e atrair em todos os tempos", seu poder é transformador, e acrescenta que o fato de Ezequiel viver em Resende, "nesta poética cidade", imprime maior inspiração para que o seu ofício de poeta seja pleno.

Chama a atenção, nesse prefácio elogioso, a ênfase aos versos do poema "Os escravos no eito", quando Narcisa

---

[16] Cf. Maria de Lourdes Eleutério, "Narcisa Amália: 'O horror da vida deslumbrada esqueço'", in *Vidas de romance: as mulheres e o exercício de ler e escrever no entresséculos, op. cit.*, pp. 115 ss.

[17] *Idem, ibidem.*

[18] José Ezequiel Freire de Lima, natural de Resende, foi jornalista, poeta, advogado, juiz e professor da Faculdade de Direito de São Paulo, além de colaborador do jornal *Astro Rezendense*. Seu conto "Pedro Cobá" é tido como de grande relevância para a crítica ao escravismo. O poema "Por que sou forte", de Narcisa Amália, é dedicado a Freire (ver p. 299 deste volume).

acentua os recursos poéticos com que Ezequiel Freire compõe "o quadro hediondo" da escravização no Brasil.[19]

Uma vez mais Machado de Assis a enalteceu, afirmando que a obra em questão teve a "boa fortuna" de ser prefaciada por aquela que há "anos aguçou a nossa curiosidade com um livro de versos", e comenta a análise de Narcisa sobre o poema citado:

> D. Narcisa Amália aprova sem reserva os "Escravos no eito" [...], quadro em que o poeta lança a piedade de seus versos sobre o padecimento dos cativos. Não se limita a aplaudir, subscreve a composição. Eu, pela minha parte, subscrevo o louvor.[20]

## NARCISA AMÁLIA, NOSSA CONTEMPORÂNEA

Os anos anteriores e posteriores à publicação de *Nebulosas* foram anos de transformações políticas e sociais no Brasil — e Narcisa as queria profundas, radicais. Seus ideais eram, em síntese, um mundo liberto de injustiças e preconceitos de todos os gêneros. Para que essas mudanças se efetivassem era fundamental a defesa da "instrução popular" de forma universal, ou seja, válida para todos indiscriminadamente, sem o que não haveria democracia.

Para Narcisa, a libertação dos escravizados de nada valeria se não houvesse escolarização para os integrar à sociedade como cidadãos. Sua visão de justiça social era de grande amplitude e, aos seus olhos, a prática da escravização per-

---

[19] Narcisa Amália, prefácio "Duas palavras sobre o livro", in Ezequiel Freire, *Flores do campo*, Rio de Janeiro, Typographia Hildebrandt, 1874.

[20] Machado de Assis, "A nova geração", *Revista Brasileira*, dezembro de 1879.

passava a sociedade como um todo. Assim ela afirmou no discurso em que recebeu a pena de ouro, que mencionamos há pouco, por sua obra *Nebulosas*:

> Volta os olhos e vós vereis: a mulher é a escrava do homem, e, se quebra os elos que a jungem ao poste, fica ainda mais escrava dos preconceitos. Conservaram-na em trevas para que desconheça o seu direito [...]. Pois bem: eu reneguei a escravidão [...] não escutei o motejo dos néscios, nem ouvi o gargalhar satânico dos incrédulos; olhei para o futuro, escrevi o que pensava [...].[21]

A poeta era um ser em conflito com as adversidades de seu tempo. Acreditava no direito e no dever de participar das novas perspectivas de construção do país, e, para tanto, seria imprescindível a educação formal, incluindo o acesso aos cursos superiores, que as mulheres eram então proibidas de frequentar. Desse modo, elas se viam excluídas das formas de sociabilidade acadêmica, que garantiam um círculo propício às atividades intelectuais, como ocorreu nas duas faculdades de Direito existentes na época, em Recife e São Paulo.

Em 1873, ao resenhar o livro *Crepúsculos*, da poeta Amália dos Passos Figueiroa (1845-1878), Narcisa reitera sua defesa da capacidade intelectual e de ação da mulher: "Quais os direitos que tendes, ó homens sem coração, para julgá-la incapaz de estudos sérios e de ações magnânimas?".[22]

Em 1882, Narcisa retoma o tema em um ensaio de grande força, publicado na *Democrotema comemorativa do 26º aniversário do Liceu de Artes e Ofícios*: "A mulher no século XIX" (reproduzido neste volume). Entre aspas ela, ironicamente, dá voz ao século anterior ao seu, o XVIII:

---

[21] "A nossa instrução", *Diário do Rio de Janeiro*, 28/9/1874.

[22] *A República*, Rio de Janeiro, 19-20/5/1873.

"A educação da mulher! Mas tem a mulher por acaso necessidade de ser educada? Para quê? Cautela! A mulher representa o gênio do mal sob uma forma mais ou menos graciosa e cultivar a sua inteligência seria fornecer-lhe novas armas para o mal. Procuremos antes torná-la inofensiva por meio da ignorância. Guerra, pois, à inteligência feminil!"

E resume em poucas linhas a condição a que a mulher foi submetida desde os tempos arcaicos até o século XIX:

O que diria a idade de ouro da selvageria, quando o homem tinha o direito de vida e de morte sobre a sua companheira? Quando a mulher carregava-lhe a bagagem na emigração, a antílope morta na caçada e roía os ossos em comum com os cães? Desprezada, embrutecida, castigada e vendida, a mísera arrastava o longo suplício de sua existência até que a morte viesse libertá-la e a pá de terra levantasse entre ela e o seu opressor uma eterna barreira.

Em seguida, passa a enumerar as iniciativas do século XIX que promovem a emancipação da mulher, como a criação de escolas de nível superior abertas às mulheres, sejam faculdades de Medicina nos Estados Unidos da América do Norte ou faculdades de Medicina e Direito na França e na Bélgica. Com isso, diz ela:

A mulher no século XIX acha-se, portanto, emancipada, isto é, entra na posse de si mesma, conquista o direito divino de sua alma, em uma palavra, transfigura-se. O que lhe falta ainda para ser feliz?

— À que está emancipada, pouco; mas à que está por emancipar-se, tudo. E neste caso está a mulher brasileira.

41

E passa a observar o quanto falta para que a mulher brasileira alcance a almejada emancipação, na medida em que, "Entre nós a instrução, mesmo a mais elementar, tem até aqui constituído monopólio do homem", e a mulher seria educada apenas para agradá-lo.

Quase dez anos antes, em 1873, numa carta que publica a respeito da fundação da Escola do Povo, estabelecimento misto e gratuito, Narcisa já tocava num ponto importante. Ela menciona como um dos entraves à educação feminina os casamentos nos quais existe uma "tirania autorizada pelos costumes", impedindo a mulher de adquirir instrução.[23] E, sem esta, como adentrar no mundo da produção poética, em que tantas condições impeditivas cerceavam as mulheres? Críticos literários, editores e proprietários de jornais, livros e revistas eram todos homens. É significativo que o referido texto sobre educação da mulher tenha vindo à luz em *O Sexo Feminino: Semanário Dedicado aos Interesses da Mulher*.

Apesar de ter um único livro de poemas publicado, e de atuar cada vez menos na imprensa, o nome de Narcisa não era esquecido: muitos artigos de jornal a citavam e vários poemas foram dedicados a ela. Escrevendo para o jornal *A Reforma* em 1878, o romancista Bernardo Guimarães (1825-1884), autor de *A escrava Isaura* (1875), ao enfatizar a necessidade do voto feminino, nomeia Narcisa Amália como representante das mulheres, e o faz de maneira muito espirituosa e reveladora do peso político da escritora: "Só Zé João pode votar, e Narcisa Amália não pode!".[24]

---

[23] A Escola do Povo foi criada no Rio de Janeiro, em 1873, pelo militar, abolicionista e pioneiro na defesa da educação e dos direitos da mulher Miguel Vieira Ferreira (1837-1895). A carta de Narcisa Amália foi publicada em *O Sexo Feminino: Semanário Dedicado aos Interesses da Mulher*, 1873, nº 13.

[24] *A Reforma: Órgão Democrático*, Rio de Janeiro, 24/9/1878.

Em 1889, ano da proclamação da República, o nome de Narcisa Amália volta a ser bastante lembrado nos periódicos democráticos, em poemas e também em artigos que a mencionam como pioneira na defesa dos direitos das mulheres e do voto feminino.

Em maio, Narcisa publica em *A Família* o soneto "Condolência", em que o verso final é praticamente uma síntese de seu pensamento:

> Há uma força real que tudo abraça;
> Que abala, que o sólio dos tiranos,
> Como esmaga o trabalho de mil anos
> Quando livre, revolta ovante passa!
>
> Que ao poder da tiara um raio traça,
> Que das eras por vir sonda os arcanos
> Do céu cingindo os luminosos planos...
> — És tu, és tu, tremenda POPULAÇA!
>
> Como alçar-te na pátria, águia cativa,
> Subtrair-te à inércia que estiola,
> Soerguer-te do nada — rediviva?...
>
> Em vão suplicas da ciência a esmola
> Se te abrasa a razão áscua, furtiva,
> — Abrem-te a detenção, fecham-te a ESCOLA![25]

Em dezembro de 1889, logo após a Proclamação da República, *A Família* publica trechos de uma carta enviada por Narcisa, em que ela menciona a ignorância como trunfo das

---

[25] *A Família: Jornal Literário Dedicado à Educação da Mãe de Família*, São Paulo, 4/5/1889.

elites para conter o povo e comenta as críticas hostis que recebeu por defender uma educação voltada para todos:

> Suponho ter sido eu, no Brasil, quem primeiro ergueu a voz clamante contra o estado de ignorância e abatimento em que jazíamos — em artigos que denominei "A mulher no século XIX" e "A emancipação da mulher" [...]. {...] afirmaram que minhas opiniões eram hauridas em livros cuja leitura importava em atentado ao pudor da mãe de família [...].[26]

Narcisa se refere aqui aos ataques que recebeu da imprensa conservadora nos anos que se seguiram à publicação de *Nebulosas*. Particularmente hostil foi o órgão O *Apóstolo: Periódico Religioso, Moral e Doutrinário, consagrado ao Interesse da Religião e da Sociedade*, que, em 1876, reproduziu trechos de um ensaio de Narcisa, publicado no jornal paulistano *Diário Mercantil*, para acusá-la de ideais ousados demais, derivados de leituras impróprias a uma mulher.

O que Narcisa Amália dizia era simplesmente isto:

> Emancipar a mulher é reconhecer-lhe o direito ao trabalho, colocando-a perante a lei no mesmo pé de igualdade que o homem; seja, pois, advogada, seja filósofa, seja médica, escritora ou pintora [...].[27]

Essas linhas, somadas à autonomia e à atuação arrojada de Narcisa, eram suficientes para que ela fosse atacada.

Tais menções ao ensaísmo de Narcisa Amália mostram que, além de ser a poeta de *Nebulosas*, ela atuou em seu tem-

---

[26] *A Família: Jornal Literário Dedicado à Educação da Mãe de Família*, 31/12/1889, p. 6.

[27] O *Apóstolo*, 17/6/1887.

po, em seu contexto sociocultural, de modo ativo e vibrante, desagradando poderosos e sentindo-se fragilizada pela oposição aos seus escritos, a tal ponto que pensou ter se servido "de um estilete perigoso, que feriu certo e fundo".[28]

Narcisa considerou deixar passar o momento de tantos protestos contra sua poesia e seus ensaios, sua personalidade combativa, para então voltar aos embates da escrita. Segundo ela, porém, foi acometida por uma "nevrose cardíaca" — "enfraquecendo-me a energia, inutilizando-me absolutamente, para as rudes lutas da inteligência, para as pugnas mais extenuantes da imprensa...".[29]

Diante dessa declaração, talvez possamos compreender por que se tornam mais e mais espaçadas as suas contribuições à imprensa e por que ela abandona progressivamente o fazer poético e ensaístico. Ainda assim, depois de ter lançado *Nebulosas*, ela publicou vários poemas na imprensa, entre eles "Perfil de escrava" e "Por que sou forte", que reproduzimos neste volume.

O legado de Narcisa Amália continua atual. Enfrentamos ainda hoje problemas socioculturais denunciados pela inteligência e pelo senso de humanidade dessa insubmissa poeta, o que torna a leitura de *Nebulosas* necessária 150 anos depois de sua publicação.

---

[28] *A Família: Jornal Literário Dedicado à Educação da Mãe de Família*, 31/12/1889, p. 6.

[29] *Idem, ibidem.*

## Referências bibliográficas

ALVES, Antonio de Castro. *Obra completa*. Rio de Janeiro: Nova Aguilar, 1976.

AMÁLIA, Narcisa. *Nebulosas*. Rio de Janeiro: B. L. Garnier, 1872.

_____. "Carta ao Dr. Miguel Vieira Ferreira". *O Sexo Feminino: Semanário Dedicado aos Interesses da Mulher*, Rio de Janeiro, n° 13, 29/11/1873, e n° 14, 6/12/1873.

_____. "A nossa instrução". *Diário do Rio de Janeiro*, Rio de Janeiro, 28/9/1874, p. 2.

_____. *Nebulosas*. Rio de Janeiro: Gradiva/Fundação Biblioteca Nacional, 2017.

ARNAUT, Luiz Duarte Haele. *Versar a liberdade, desconstruir a monarquia: representações políticas nos poemas da campanha republicana na imprensa da corte (1870-1889)*. Tese de Doutorado, Universidade Federal de Minas Gerais, 2015.

BARBOSA, Gisele Oliveira Ayres. "Aspectos sociais e políticos da poesia de Narcisa Amália". XXII Simpósio Nacional de História, ANPUH, 2003, pp. 1-7.

CANDIDO, Antonio. "O direito à literatura". In: *Vários escritos*. Rio de Janeiro: Ouro sobre Azul, 5ª ed., 2011.

COSTA, Bruno. *Narciza Amália, poeta da liberdade*. São João da Barra, RJ: Foz Cultural, 2024.

COSTA, Jessica Fraga da. *Entre a escrita e o silêncio: escritoras brasileiras do século XIX e história da literatura*. Tese de Doutorado, Universidade Federal do Rio Grande do Sul, 2022.

COSTA, Yuri. *A flor vermelha: ensaio biográfico sobre Celso Magalhães (1849-1879)*. São Luís, MA: Café & Lápis, 2018.

COSTA E SILVA, Alberto da. *Castro Alves, um poeta sempre jovem*. São Paulo: Companhia das Letras, 2006.

ELEUTÉRIO, Maria de Lourdes. *Vidas de romance: as mulheres e o exercício de ler e escrever no entresséculos (1890-1930)*. Rio de Janeiro: Topbooks, 2005.

FAEDRICH, Anna. "Narcisa Amália e as intempéries da produção literária feminina". *Palimpsesto*, Rio de Janeiro, ano XV, n° 22, jan.-jun. 2016, pp. 138-55.

_____. "Narcisa Amália, poeta esquecida do século XIX". *Revista Soletras*, Programa de Pós-Graduação em Letras e Linguística da UERJ, nº 34, jul.-dez. 2017.

_____. "Apresentação". In: AMÁLIA, Narcisa. *Nebulosas*. Rio de Janeiro: Gradiva/Fundação Biblioteca Nacional, 2017, pp. 7-13.

_____. "A lírica de Narcisa Amália: diálogos, intempéries e esquecimento" (posfácio). In: AMÁLIA, Narcisa. *Nebulosas*. Rio de Janeiro: Gradiva/Fundação Biblioteca Nacional, 2017, pp. 157-78.

_____. *Escritoras silenciadas: Narcisa Amália, Julia Lopes de Almeida, Albertina Bertha e as adversidades da escrita literária de mulheres* (acompanhado de *Caderno de anexo*). Rio de Janeiro: Macabéa/Fundação Biblioteca Nacional, 2022.

_____. "Narcisa Amália, a poeta por trás da nebulosa" (introdução). In: AMÁLIA, Narcisa. *Nebulosas*. São Paulo: Companhia das Letras, 2024, pp. 7-42.

FENSKE, Elfi Kürten (pesquisa, seleção e organização). "Narcisa Amália de Campos: poeta, republicana, abolicionista e feminista do século XIX", disponível em <https://www.elfikurten.com.br/2015/06/narcisa-amalia-de-campos.html>.

FONSECA, Y. V. *Narcisa Amália — 150 anos de nascimento*. Rio de Janeiro: Academia Niteroiense de Letras, 2002.

GUEDES, Cilene. *Um palco para Narcisa*. São Paulo: Funilaria, 2022.

MACIEL, Fábio D'Almeida Lima. *O jovem Pedro Américo entre arte, ciência do belo e um outro nacional*. Tese de Doutorado, Escola de Comunicações e Artes da Universidade de São Paulo, 2016.

MENDES, Juliana Y. T. *Autores brasileiros no Jornal do Pará (1867-1878)*. Dissertação de Mestrado em Estudos Literários, Faculdade de Letras do Instituto de Letras e Comunicação, Universidade Federal do Pará, 2017.

MOLINA, Matias M. "O *Diário Mercantil de São Paulo*: muito admirado, pouco conhecido". *Observatório da Imprensa*, 5/9/2011, edição 658.

MOURA, Lilian *et al.* "Miragem: a voz destemida de Narcisa Amália em forma de poema". In: *Anais do VII Fórum de Educação e IV Jornada de Letras e Educação do IF Sudeste MG, Campus São João del-Rei: Formação docente: os desafios do professor no século XXI*, São João del-Rei, MG, 2019.

PAIXÃO, Sylvia P. "Narcisa". In: *A fala-a-menos: a repressão do desejo na poesia feminina*. Rio de Janeiro: Numen, 1991.

_____. "Narcisa Amália". In: MUZART, Zahidé L. (org.). *Escritoras brasileiras do século XIX: antologia*. Florianópolis/Santa Cruz do Sul, RS: Editora Mulheres/Edunisc, vol. 1, 1999.

PIETRANI, Anélia. "Um caso de sororidade literária: Narcisa Amália e Amélia Figueiroa em jornais e revistas do século XIX". *Revista Soletras*, Programa de Pós-Graduação em Letras e Linguística da UERJ, nº 40, 2020-22, pp. 51-69.

RAMALHO, Christina. *Um espelho para Narcisa: reflexos de uma voz romântica*. Rio de Janeiro: Elo, 1999.

ROMERO, Catarina da Silva. *Para o conhecimento das mulheres que escreveram: o caso de Narcisa Amália*. Monografia em Licenciatura, Letras, UFRJ, Rio de Janeiro, 2021.

TELLES, Norma. *Encantações, escritoras e imaginário literário*. Tese de Doutorado em Ciências Sociais, Pontifícia Universidade Católica de São Paulo, 1987.

_____. "Escritoras, escritas, escrituras". In: DEL PRIORI, Mary (org.). *História das mulheres no Brasil*. São Paulo: Contexto/Unesp, 1997.

TERNERO, N. R. "Literatura e jornalismo no Oitocentos: o discurso da poetisa Narcisa Amália em favor da instrução intelectual da mulher no semanário *O Sexo Feminino*". *Revista (Entre Parênteses)*, vol. 8, nº 2, 2020.

WHATELY, Maria Celina. *Resende: a cultura pioneira do café no Vale do Paraíba*. Niterói: Editora Gráfica La Salle, 2003.


INSTITUIÇÕES

Hemeroteca Digital da Fundação Biblioteca Nacional (<https://bndigital.bn.gov.br/hemeroteca-digital/>)

Biblioteca Brasiliana Guita e José Mindlin da Universidade de São Paulo (<https://www.bbm.usp.br/pt-br/>)

Gallica BnF (<https://gallica.bnf.fr/>)

# NEBULOSAS

# NEBULOSAS

> *On donne le nom de* Nébuleuses *à des taches blanchâtres que l'on voi ça et là, dans toutes les parties du ciel.*
>
> Delaunay

No seio majestoso do infinito,
— Alvos cisnes do mar da imensidade, —
Flutuam tênues sombras fugitivas
Que a multidão supõe densas caligens,
E a ciência reduz a grupos validos;                    5
Vejo-as surgir à noite, entre os planetas,
Como visões gentis a flux dos sonhos;
E as esferas que curvam-se trementes
Sobre elas desfolhando flores d'oiro
Roubam-me instantes ao sofrer recôndito!              10

Costumei-me a sondar-lhe os mistérios
Desde que um dia a flâmula da ideia
Livre, ao sopro do gênio, abriu-me o templo
Em que fulgura a inspiração em ondas;
A seguir-lhes no espaço as longas clâmides            15
Orladas de incendidos meteoros;
E quando da procela o tredo arcanjo
Desdobra n'amplidão as negras asas,
Meu ser pelo teísmo desvairado
Da loucura debruça-se no pélago!                      20

Sim! São elas a mais gentil feitura
Que das mãos do Senhor há resvalado!

Sim! De seus seios na doirada urna,
A piedosa lágrima dos anjos
Ligeira se converte em astro esplêndido!                    25
No momento em que o mártir do calvário
A cabeça pendeu no infame lenho,
A voz do Criador, em santo arrojo,
No macio frouxel de seus fulgores
Ao céu arrebatou-lhe o calmo espírito!                      30

Mesmo o sol que nas orlas do Oriente
Livre campeia e sobre nós desata
A chuva de mil raios luminosos,
Nos lírios siderais de seu regaço
Repousa a fronte e despe a rubra túnica!                    35
No constante volver dos vagos eixos,
Os orbes em parábolas se encurvam
Bebendo alento no seu manso brilho!
E o tapiz movediço do universo
Mais belo ondeia com seus prantos fúlgidos!                 40

E quantos infelizes não olvidam
O horóscopo fatal de horrenda sorte,
Se no correr das auras vespertinas
Seus seres vão pousar-lhes sobre a coma,
Que as madeixas enastram do crepúsculo!                     45
Quanta rosa de amor não abre o cálix
Ao bafejo inefável das quimeras
No coração temente da donzela,
Que, da lua ao clarão dourando as cismas,
Lhes segue os rastros na cerúlea abóbada?!...               50

Um dia no meu peito o desalento
Cravou sangrenta garra; trevas densas
Nublaram-me o horizonte, onde brilhava
A matutina estrela do futuro.

Da descrença senti os frios ósculos; 55
Mas no horror do abandono alçando os olhos
Com tímida oração ao céu piedoso,
Eu vi que elas, do chão do firmamento,
Brotavam em lucíferos corimbos
Enlaçando-me o busto em raios mórbidos! 60

Oh! amei-as então! Sobre a corrente
De seus brandos, notívagos lampejos,
Audaz librei-me nas azuis esferas;
Inclinei-me, de flamas circundada
Sobre o abismo do mundo torvo e lúgubre! 65
Ergui-me ainda mais: da poesia
Desvendei as lagunas encantadas,
E prelibei delícias indizíveis
Do sentimento nas caudais sagradas,
Ao clarão divinal do sol da glória! 70

Quando desci mais tarde, deslumbrada
De tanta luz e inspiração, ao vale
Que pelo espaço abandonei sorrindo,
E senti calcinar-me as débeis plantas
Do deserto as areias ardentíssimas; 75
Ao fugir dos cendais que estende a noite
Sobre o leito da terra adormecida,
Fitei chorando a aurora que surgia!
E — ave de amor — a solidão dos ermos
Povoei de gorjeios melancólicos!... 80

Assim nasceram os meus tristes versos,
Que do mundo falaz fogem às pompas!
Não dormem eles sob os áureos tetos
Das térreas potestades, que falecem
De morbidez nos flácidos triclínios! 85
Cortando as brumas glaciais do inverno

Adejam nas estâncias consteladas
Onde elas pairam; e à luz da liberdade
Devassando os mistérios do infinito,
Vão no sólio de Deus rolar exânimes!...          90

---

NOTAS

Epígrafe:
"Dá-se o nome de *nebulosas* às manchas esbranquiçadas que vemos aqui e ali, em todas as partes do céu." Trecho do livro *Cours élémentaire d'astronomie* (Curso elementar de astronomia), publicado em 1853, de autoria do matemático e astrônomo francês Charles-Eugène Delaunay (1816-1872).

Glossário:
caligem (verso 4): bruma, escuridão
a flux (7): a jorros, em abundância
clâmide (15): na Grécia antiga, longo manto que se prendia ao pescoço
procela (17): tormenta, tumulto
tredo (17): traiçoeiro, enganoso
pélago (20): alto-mar, abismo, imensidão
lenho (27): referente a Santo Lenho, a cruz na qual Cristo foi crucificado
frouxel (29): as penas mais macias de uma ave
campear (32): percorrer o campo; acampar
orbe (37): corpo celeste
tapiz (39): tapete
coma (44): cabeleira; copa de árvore
enastrar (45): enfeitar com nastros, fitas
cálix (46): cálice
cerúlea (50): celeste
ósculo (55): no antigo cristianismo, beijo que simboliza a fraternidade
lucífero (59): aquilo que traz luz
corimbo (59): tipo de florescência em que as flores, partindo de pontos
        diferentes da haste, se elevam todas ao mesmo nível

librar-se (63): equilibrar-se, sustentar-se
torvo (65): sinistro, assustador
prelibar (68): antegozar, desfrutar antecipadamente
caudal (69): torrente de água
plantas (74): solas dos pés
cendal (76): véu fino e transparente
falaz (82): enganoso, falso
potestade (84): potência, autoridade
triclínio (85): na antiga Roma, aparelho de jantar com três leitos em
    torno de uma mesa
adejar (87): esvoaçar
sólio (90): trono
exânimes (90): desfalecidos, desmaiados

Comentário:

Neste poema — todo em versos decassílabos — a primeira linha dá, de saída, uma medida de grandeza e cadência rítmica: "No seio majestoso do infinito". Nesse "mar da imensidade" (v. 2), o céu, a poeta distingue "tênues sombras fugitivas" (v. 3). São as *nebulosas*, as "manchas esbranquiçadas" que vemos na abóbada celeste, mencionadas na epígrafe e que dão título ao poema.

As três estrofes seguintes continuam a desenhar a amplidão do espaço sideral e destacam o lugar que nele têm as nebulosas. Aos olhos da poeta, já habituada a "sondar-lhe os mistérios" (v. 11), as nebulosas são o que há de mais belo no universo ("São elas a mais gentil feitura/ Que das mãos do Senhor há resvalado!", vv. 21-2). Estavam presentes quando da morte de Cristo (vv. 26-7), e mesmo o sol e os outros corpos celestes bebem "alento no seu manso brilho!" (v. 38).

Na estrofe 5 há uma mudança nesse cenário: a poeta nos lembra "quantos infelizes" esquecem sua "horrenda sorte" (vv. 41-2) quando voltam os olhos para elas. A estrofe 6 é talvez a mais bela do poema, e nela a subjetividade da poeta se coloca por inteiro: "Um dia no meu peito o desalento/ Cravou sangrenta garra" (vv. 51-2). Se esses versos marcam um momento de crise e desalento, logo em seguida há um movimento de reação, em que a poeta ergue os olhos para o céu e vê as nebulosas brotando "do chão do firmamento" (v. 58) como luminosos cachos de flores ("lucíferos corimbos", v. 59).

Após o sofrimento descrito na estrofe 6, a estrofe seguinte é praticamente de elevação e êxtase: "Sobre a corrente/ De seus [isto é, das nebulosas] brandos, notívagos lampejos,/ Audaz librei-me nas azuis esferas.

[...] Ergui-me ainda mais: da poesia/ Desvendei as lagunas encantadas [...]" (vv. 61-7).

Tais movimentos de queda e ascensão — ou, de modo inverso, de ascensão e queda — são frequentes na poesia de Narcisa Amália. Neste poema, após saborear um sentimento de glória e "delícias indizíveis" (vv. 68-70), a poeta retorna à terra ("Quando desci mais tarde, deslumbrada", v. 71). Do contraste entre as "delícias indizíveis", junto às nebulosas, e a experiência terrena (o "vale", o "deserto", as "areias ardentíssimas", a "terra adormecida" e "a solidão dos ermos", vv. 72-9) nascem os seus "tristes versos" (v. 81).

A poeta não deseja para eles "pompas" do mundo (v. 82), nem que estes se instalem "sob os áureos tetos" (v. 83); ao contrário, prefere que seus versos pairem, como as nebulosas, "nas estâncias consteladas" (v. 87), ou seja, no céu, "à luz da liberdade/ Devassando os mistérios do infinito" (vv. 88-9).

O poema constitui assim um círculo praticamente completo, configurado pelos seguintes momentos: 1) a contemplação inicial do céu; 2) a constatação do sofrimento; 3) a elevação às alturas celestes novamente; 4) a melancolia que advém da alternância entre os dois estados; 5) os versos que daí nascem; 6) e que novamente se elevam ao céu, para junto das nebulosas.

Talvez por isso, porque realiza um movimento tão nítido e integral, Narcisa Amália escolheu o poema "Nebulosas" para dar título ao livro e o colocou em destaque, funcionando como uma espécie de introdução ao volume.

# PRIMEIRA PARTE

# VOTO

A minha mãe

*Ide ao menos, de amor meus pobres cantos,*
*No dia festival em que ela chora,*
*Com ela suspirar nos doces prantos!*

Álvares de Azevedo

A viração que brinca docemente
    No leque das palmeiras,
Traga à tu'alma inspirações sagradas,
    Delícias feiticeiras.

A flor gazil que expande-se contente
    Na gleba matizada,
Inveje-te a tranquila e leda vida,
    Dos filhos sempre amada.

Só teus olhos roreje délio pranto
    De mística ternura;
Como silfos de luz cerquem-te gozos,
    Enlace-te a ventura!

Os filhos todos submissos junquem
    De rosas tua estrada;
E curvem-se os espinhos sob os passos
    Da Mãe idolatrada!

Tais são as orações que aos céus envia
    A tua pobre filha;
E Deus acolhe o incenso, embora emane
    Da branca maravilha!

## NOTAS

Dedicatória:
A mãe da poeta, Narcisa Ignácia de Oliveira Campos, faleceu em 1906. Foi professora, fundadora e diretora do colégio Nossa Senhora da Conceição, em Resende; adolescente, Narcisa Amália já a auxiliava em tarefas pedagógicas.

Epígrafe:
Versos do poema "A minha mãe", de Álvares de Azevedo (1831-1852), publicado postumamente em *Lira dos vinte anos* (1853). No original, a quadra completa é: "Ide ao menos, de amor meus pobres cantos,/ No dia festival em que ela chora,/ Com ela suspirar nos doces prantos,/ Dizer-lhe que também eu sofro agora!".

Glossário:
viração (verso 1): brisa
feiticeira (4): atraente, encantadora
gazil (5): gracioso
leda (7): alegre
rorejar (9): brotar gota a gota
délio (9): referente à ilha de Delos, na Grécia, onde havia um famoso
    templo dedicado ao deus Apolo; por extensão, pode significar
    apolíneo
silfo (11): sílfide, na mitologia germânica, gênio elementar do ar
juncar (13): revestir, pavimentar

Comentário:
O título do poema de Álvares de Azevedo transforma-se na dedicatória do poema de Narcisa Amália, o que é mais uma maneira da autora de *Nebulosas* de tecer diálogos com a obra dos poetas que admira. Curiosamente, a epígrafe de Narcisa omite o último verso da estrofe de Álvares, aquele que menciona o sofrimento! É que todo esse poema é um delicado voto de afeto e de ternura a sua mãe.

As quadras alternam versos de dez e de seis sílabas, e essa alternância confere leveza e delicadeza ao poema, inteiramente condizentes com o tema que pretende explorar.

# SAUDADES

*Meus funerários gemidos*
*Vão legando à imensidade*
*Um vasto arcano — a tristeza,*
*Um canto eterno — a saudade!*

Carlos Ferreira

Tenho saudades dos formosos lares
Onde passei minha feliz infância;
Dos vales de dulcíssima fragrância;
Da fresca sombra dos gentis palmares.

Minha plaga querida! Inda me lembro
Quando através das névoas do Ocidente
O sol nos acenava adeus languente
Nas balsâmicas tardes de setembro;

Lançava-me correndo na avenida
Que a laranjeira enchia de perfumes!
Como escutava trêmula os queixumes
Das auras na lagoa adormecida!

Eu era de meu pai, pobre poeta,
O astro que o porvir lhe iluminava;
De minha mãe, que louca me adorava,
Era na vida a rosa predileta!...

Mas...
    ... tudo se acabou. A trilha olente
Não mais percorrerei desses caminhos...
Não mais verei os míseros anjinhos
Que aqueciam na minha a mão algente!

Correi, ó minhas lágrimas sentidas,
Do passado no rórido sudário;
Bem longe está o cimo do Calvário
E já as plantas sinto tão feridas!...

Ai! que seria do mortal aflito                    25
Que tomba exangue à provação cruenta,
Se no marco da estrada poeirenta
Não divisasse os gozos do infinito?!...

Abrem-me n'alma as dores da saudade
Um sulco de profundas agonias...                  30
Morreram-me p'ra sempre as alegrias...
Só me resta um consolo... a eternidade!

---

### NOTAS

Epígrafe:
Os versos da epígrafe são do poeta Carlos Augusto Ferreira (1844-
1913), autor dos livros *Cantos juvenis* (1867), *Rosas loucas* (1868) e *Alcíones* (1870), entre outros.

Glossário:
plaga (verso 5): região, país
languente (7): lânguido, abatido; por extensão, suave
auras (12): na mitologia grega, ninfas das brisas
olente (17): aromático
algente (20): álgido, glacial
rórido (22): rociado, umedecido pelo orvalho
sudário (22): Santo Sudário, a mortalha que cobriu Cristo
plantas (24): solas dos pés

Comentário:

A princípio, "Saudades" parece fazer eco ao célebre poema de Casimiro de Abreu, "Meus oito anos", uma evocação doce e nostálgica das alegrias infantis: "Oh! Que saudades que tenho/ Da aurora da minha vida,/ Da minha infância querida/ Que os anos não trazem mais!" (*Primaveras*, 1859).

Mas, praticamente na metade do poema, há um corte. A estrofe 5 — com sua quebra em duas linhas do verso "Mas.../ ... tudo se acabou" — indica a ruptura e aponta para a presença do drama, que não existe no poema de Casimiro.

Desse verso até o fim do poema, a poeta parece estar mais próxima das agonias que marcam a obra de Álvares de Azevedo. É o que transparece nos versos "Abrem-me n'alma as dores da saudade/ Um sulco de profundas agonias" (vv. 29-30). E, novamente, tal como em "Nebulosas", é só no "infinito" (v. 28) e na "eternidade" (v. 32) que a poeta encontra consolo e reparação.

# LINDA

> *Her beauty raineth down flamelets of fire,*
> *Animate with a noble, gracious spirit,*
> *Which is creator of each virtuous thought.*
>
> Mary Rossetti

Vem, tímida criança,
Rosada, loura e mansa
Qual chama matutina
De tíbio resplendor;
Vem, quero a tez rubente         5
Da face transparente,
E a boca peregrina,
Beijar-te com fervor!

Teus mádidos cabelos,
Undosos, finos, belos,         10
Em áurea e doce teia
Enlaçam-me o olhar;
Da primavera os lumes
Em lúcidos cardumes
No anel que solto ondeia         15
Vão ternos cintilar!

Teu colo alvinitente
S'encurva levemente,
Qual pende na ribeira
O lótus de cetim;         20
Se a lua além s'inflama
De vaga e breve flama,
Resvalas mais ligeira
Na relva do jardim!

Escuta: À beira d'água                25
A flor vinga entre a frágua,
E a tela delicada
Se tinge à luz do sol;
O mágico perfume
Que o cálice resume,                  30
A pétala nacarada,
Inveja-lhe o arrebol.

Mas vem da treda enchente
A férvida torrente
Em turbilhão raivoso                  35
Ao longe a rouquejar,
E a rubra flor da margem —
Pendida na voragem,
No pego tenebroso
Fanada vai rolar!                     40

Ai! zela a rosa pura
De tua formosura
Que o lábio mercenário
Do mundo não manchou;
Sê como a sensitiva                   45
Que se retrai esquiva
Se o vento louco e vário
As folhas lhe osculou.

Porém, essa beleza
Que deu-te a natureza                 50
Desmaiará um dia
Aos gelos hibernais;
E uma vez perdida
Nos vendavais da vida,
A flux da fantasia                    55
Não surgirá jamais!

Ó! zela mais ainda
A flor celeste e linda
De tua alma de virgem,
— Teu primitivo amor! 60
Da divinal bondade
A meiga potestade
Se acolhe da vertigem
Nas mãos do Criador!

Atende! A mão mimosa 65
Dirige pressurosa
Ao pobre, agonizante,
À sombra do hospital!
Ao mesto encarcerado,
Do olhar do sol privado, 70
Abranda um só instante
O agror da lei fatal!...

Prossegue, etérea lira,
Nas cordas de safira
As harmonias cérulas 75
Dos risos infantis!
E ao desgraçado em prantos
Dá mil colares santos,
Não de mundanas pérolas,
De lágrimas gentis!... 80

———

NOTAS

Epígrafe:

"Sua beleza faz chover chamas tênues,/ Animada por um espírito nobre e gracioso,/ Que é criador de cada pensamento virtuoso." Os versos da epígrafe são de autoria da escritora inglesa Maria Francesca Rossetti (1827-1876), criados a partir da "Segunda canção" de *Convívio*, de Dante Alighieri, escrito entre 1304 e 1307. Fazem parte do livro de Maria Rossetti *A Shadow of Dante* (Uma sombra de Dante), de 1871.

Glossário:

tíbio (verso 4): tépido, morno
rubente (5): rubro
mádido (9): úmido, embebido em líquido
undoso (10): ondulado
lúcido (14): luminoso
alvinítente (17): branco, resplandecente
frágua (26): rocha íngreme, penhasco; por extensão, adversidades
nacarada (31): da cor do nácar, rosada ou perolada
treda (33): traiçoeira
pego (39): pélago, abismo, mar profundo
fanada (40): murcha
vário (47): volúvel, desvairado
oscular (48): beijar
a flux (55): a jorros, em abundância
potestade (62): potência, autoridade
atender (65): prestar atenção ou ajuda
mesto (69): triste, que causa tristeza
agror (72): agrura, desgosto
cérula (75): cerúlea, celestial

Comentário:

O poema de Dante, citado na epígrafe, se dirige à personificação da Filosofia; já o poema de Narcisa Amália é endereçado a uma "tímida criança" (v. 1), cuja beleza é associada à natureza.

Após descrevê-la com extrema delicadeza nas quatro primeiras estrofes, a estrofe 5 traz um alerta: a flor "à beira d'água" (v. 25), com a qual a criança foi comparada, pode ser arrastada pelo "turbilhão raivoso" (v. 35) de uma enchente.

Esse é um tema caro ao Romantismo de modo geral, e também bastante presente na obra de Narcisa: a beleza da juventude que "Desmaiará um dia/ Aos gelos hibernais" (vv. 51-2) — isto é, que perece com o frio do inverno (o inverno aqui como metáfora da passagem do tempo e do envelhecimento).

A estrofe 6 recomenda cuidado contra o "vento louco e vário" (v. 47) do mundo. Daí os reiterados apelos: "Ai! zela a rosa pura" (v. 41) e, mais adiante, "Ó! zela mais ainda" (v. 57), que culminam na estrofe 8 numa espiritualização da beleza. Agora o poema já não fala de uma flor real, mas de uma "flor celeste" (v. 58). O passo seguinte, o desdobramento da espiritualização, é a atenção e o cuidado para com os outros: "Atende! A mão mimosa/ Dirige pressurosa/ Ao pobre, agonizante" (vv. 65-7).

Na estrofe 10, vemos que, para Narcisa, cabe à poesia ("etérea lira", v. 73) dar prosseguimento à beleza e aos "risos infantis" (v. 76). Sua missão culmina com um senso humanitário expresso nos quatro versos finais: dar "ao desgraçado em prantos" o consolo de "mil colares santos", formados não de "pérolas" mundanas, mas "de lágrimas gentis!..." (vv. 77-80).

# AFLITA

A J.

*Per lui solo affido sull'ali dei venti*
*Il suon lusinghiero di garruli accenti!*
*Deh riedi, deh riedi!... mi stringi al tuo cor*
*E giorni beati — vivremo d'amor!*

*Il Guarany*

Desde a hora fatal em que partiste,
Turbou-se para mim o azul do céu!
Velei-me na mantilha da tristeza,
Como Safo na espuma do escarcéu!

Até então o arcanjo da procela 5
Não enlutara o lago das quimeras,
Onde minh'alma, garça langorosa,
Brincava à luz de etéreas primaveras.

Mas um dia atraindo ao vasto peito
Minha pálida fronte de criança, 10
Murmuraste tremendo: — "Parto em breve;
Mas não te aflijas, voltarei, descansa!"

Ai! Que epopeia túrgida de lágrimas
Na comoção daquela despedida!
Eu soluçava envolta em véu de prantos: 15
"Quando voltares, já serei sem vida!"

Desde então, comprimindo atras angústias,
Vou te esperar à beira do caminho;
Voltam cantando ao sol as andorinhas,
Só tu não volves ao deserto ninho!... 20

Quando a tribo inquieta das falenas
Liba filtros nas clícias da campina,
Busco da redenção o augusto símbolo,
e faleço de amor como Corina!

Pois bem! Se enfim voltares desse exílio,   25
Ave errante, fugindo à quadra hiberna,
Vem à sombra do val: sob os ciprestes
Comigo fruirás ventura eterna!

———

### NOTAS

Dedicatória:
Possivelmente o "J." é João Batista da Silveira, o primeiro marido
de Narcisa Amália, que a deixou quatro anos após se casarem.

Epígrafe:
"Só a ele confio, nas asas dos ventos,/ O som agradável de vozes
gárrulas!/ Ah, volta, ah, volta!... Aperta-me ao teu coração,/ E dias felizes
— viveremos de amor!" Tradução literal de versos da ópera *Il Guarany*
(1870), do compositor brasileiro Antônio Carlos Gomes (1836-1896). O
libreto, escrito em italiano, é de autoria de Antonio Scalvini e Carlo D'Or-
meville, e baseia-se no romance *O guarani* (1857), de José de Alencar
(1829-1877). A terceira parte de *Nebulosas* inclui um poema escrito por
Narcisa Amália em homenagem ao compositor ("A A. Carlos Gomes", pp.
193-4).

Glossário:
turbar-se (verso 2): turvar-se
escarcéu (4): vagalhão, grande onda; por extensão, alvoroço
procela (5): tormenta, tumulto
langorosa (7): lânguida, abatida; por extensão, suave
túrgida (13): inchada, intumescida

atra (17): sinistra, terrível
falena (21): espécie de mariposa
libar (22): sugar, beber
filtros (22): poções
clícia (22): girassol
Corina (24): poeta grega que viveu no século VI a.C.
quadra hiberna (26): a estação fria, o inverno; por extensão, o fim da
vida
val (27): vale
cipreste (27): árvore conífera associada à morte e ao luto

Comentário:
Os versos de abertura deixam claro o drama que aflige a poeta: "Desde a hora fatal em que partiste/ Turbou-se para mim o azul do céu" (vv. 1-2). Embora não seja fundamental, podemos presumir que o "J." da dedicatória e o "tu" a quem o poema se dirige é João Batista da Silveira, o primeiro marido de Narcisa, que a abandonou poucos anos após o casamento.

A quinta estrofe é de sentida emoção: "Desde então, comprimindo atras [terríveis] angústias,/ Vou te esperar à beira do caminho;/ Voltam cantando ao sol as andorinhas,/ Só tu não volves ao deserto ninho!...". Os versos finais sugerem que, se um dia o companheiro (a "ave errante", v. 26) voltar, a única possibilidade de permanecerem juntos é na morte: "Vem à sombra do val: sob os ciprestes/ Comigo fruirás ventura eterna!" (vv. 27-8).

Em dois momentos a voz feminina compara sua dor à de grandes poetas mulheres da Antiguidade: "Como Safo na espuma do escarcéu!" (v. 4) e "e faleço de amor como Corina!" (v. 24). Safo, que viveu entre os séculos VII e VI a.C., é uma das figuras mais importantes da literatura grega e, dizem as lendas, teria se suicidado atirando-se de um penhasco no mar de Lesbos, daí o verso de Narcisa. Segundo a tradição, Corina viveu na passagem do século VI para o V. a.C.; foi poeta lírica de grande importância por introduzir na poesia grega elementos que mudaram as narrativas, priorizando heroínas e não os heróis mais conhecidos.

# ASPIRAÇÃO

A uma menina

*Folga e ri no começo da existência,*
*Borboleta gentil!*

Gonçalves Dias

Os lampejos azuis de teus olhos
Fazem n'alma brotar a esperança;
Dão venturas, ó meiga criança,
— Flor celeste no mundo entre abrolhos! —

Ora pendes a fronte na cisma,                    5
Fatigada dos jogos, contente,
E mil sonhos, formosa inocente,
Fantasias às cores do prisma;

Ora voas ligeira entre clícias
Sacudindo fulgores, anjinho;                     10
E o favônio te envia um carinho,
E as estrelas te ofertam blandícias!...

Mas se pende dos fúlgidos cílios
Alva pérola que a face te rora,
De teus lábios, na fala sonora,                  15
Chovem, rolam sublimes idílios!

De tua boca na rubra granada
Caiam santos mil beijos felizes!
Tuas asas de lindos matizes,
Ah! não rasgues do vício na estrada!             20

## NOTAS

Epígrafe:
Versos do poema "A infância", do livro *Últimos cantos* (1851), de Gonçalves Dias (1823-1864).

Glossário:
abrolho (verso 4): planta rasteira e espinhosa
clícia (9): girassol
favônio (11): zéfiro, vento brando
blandícia (12): afago
rorar (14): rorejar, brotar gota a gota
granada (17): tecido de seda

Comentário:
A epígrafe de Gonçalves Dias deixa subentendido que, se o começo da existência é leve como o voo de uma borboleta, as cores podem mudar com o passar dos anos. Nesse sentido, este poema tem afinidade com "Linda" (pp. 65-7), por exemplo, em que, após saudar as belezas e alegrias da infância, a poeta procura aconselhar uma jovem nos caminhos da vida.

Na estrofe inicial o poema se dirige a uma "meiga criança" (v. 3), também chamada "anjinho" (v. 10). No entanto, a estrofe 4 dá a entender que a menina talvez não seja uma criança, mas sim uma adolescente, já na idade de sonhar "sublimes idílios" (v. 16), entenda-se, idílios de amor.

A estrofe seguinte principia com um verso de intensa sensualidade: "De tua boca na rubra granada/ Caiam santos mil beijos felizes!". Depois, faz um alerta: que a jovem não destrua os coloridos sonhos da infância (as "asas de lindos matizes", v. 19) percorrendo a estrada do vício (v. 20).

# CONFIDÊNCIA

A Joanna de Azevedo

*De mais a mais se apertam nossos laços,*
*A ausência... oh! que me importa, estás presente*
*Em toda a parte onde dirijo os passos.*

Fagundes Varela


Pensas tu, feiticeira, que te esqueço;
Que olvido nossa infância tão florida;
Que a tuas meigas frases nego apreço...

Esquecer-me de ti, minha querida!?...
Posso acaso esquecer a luz divina                5
Que rebrilha nas trevas desta vida?

Era esquecer a lúcida neblina,
Que nas gélidas orlas de seu manto,
Extingue a febre que meu ser calcina.

Esquecer o orvalho puro e santo,                10
Que à campânula, curva à calma ardente,
Dá mais viço e fulgor, dá mais encanto.

Esquecer o cristal liso ou tremente
Que me retrata a fronte pensativa!
Esquecer-me de ti, anjo temente!...             15

Ouço-te a voz na langue patativa
Que em trinos desfalece ao vir do inverno:
— Contemplo-te na mimosa sensitiva.

Sem ti não tem o sol um raio terno;
Contigo o mundo tredo — é paraíso, 20
E a taça do viver tem mel eterno!

Oh! envia-me ao menos um sorriso!
Dá-me um sonho dos teus doirado e belo,
Que bem negro porvir além diviso!
Que a existência sem ti, é um pesadelo!... 25

———

NOTAS

Dedicatória:
Joanna de Azevedo foi uma amiga de infância de Narcisa Amália, nascida em São João da Barra em 1853.

Epígrafe:
Os versos de Fagundes Varela (1841-1875), um dos ícones do Romantismo, pertencem ao poema "Protestos", do livro *Cantos e fantasias* (1865). Varela e Narcisa Amália conheceram-se pessoalmente em Resende, no dia 25 de setembro de 1873. O poeta escreveu em sua homenagem o poema "Tributo de admiração: o gênio e a beleza", no qual constam estes versos: "Onde hauriste das gregas divindades/ Gênio sem rival?!.../ Provaste acaso as águas de Castália,/ Inspirada e gentil — Narcisa Amália./ Poetisa imortal?!".

Glossário:
feiticeira (verso 1): atraente, encantadora
campânula (11): planta cuja flor tem formato de sino
langue (16): lânguido, abatido; por extensão, suave
patativa (16): pássaro tropical, de canto suave e melodioso
trinos (17): trinados, cantos
mimosa sensitiva (18): arbusto cujas folhas se juntam quando tocadas
tredo (20): traiçoeiro, enganoso

Comentário:

O título "Confidência" e o verso inicial ("Pensas tu, feiticeira, que te esqueço") estabelecem uma atmosfera de intimidade e delicadeza que perdura por todo o poema. Para esse efeito concorrem não apenas a leveza das imagens ("luz divina", v. 5; "lúcida neblina", v. 7; "orvalho puro e santo", v. 10...), mas também o modo como o poema foi composto. Aqui Narcisa emprega tercetos (estrofes com três versos) com rimas que se encadeiam num padrão ABA/BCB/CDC e assim por diante. É o mesmo esquema de rimas utilizado por Dante Alighieri em sua *Divina comédia*. O resultado é uma tessitura verbal de grande fluidez e musicalidade. Só ao final do poema uma linha extra rompe o formato das tercinas e ganha com isso um peso adicional: "Que a existência sem ti, é um pesadelo!..." (v. 25).

# DESENGANO

*Antes d'espirar el día*
*Vi morir a mi esperanza.*

Zárate

Quando resvala a tarde na alfombra do poente
E o manto do crepúsculo se estende molemente;
Na hora dos mistérios, dos gozos divinais,
Despedaçam-me o peito martírios infernais;
E sinto que, seguindo uma ilusão perdida,     5
Me arqueja, treme e expira a lâmpada da vida!

Feriu-me os olhos tímidos o brilho da esperança;
A luz do amor crestou-me o riso de criança;
E quando procurei — sedenta — uma ventura,
Aberta vi a fauce voraz da sepultura!...     10
Dilacerou-me o seio, matou-me a crença bela,
O tufão mirrador de hórrida procela!

Então pálida e triste, alcei a fronte altiva
Onde se estampa a dor tenaz que me cativa;
Sorvi na taça amarga o fel do sofrimento,     15
E a voz queixosa ergui num último lamento:
Era o cantar do cisne, o brado da agonia...
E a multidão passou soberba, muda, fria!

Desprezo as pompas loucas, desprezo os esplendores,
Trilhar quero um caminho orlado só de dores;     20
E além, nas solidões, à sombra dos palmares,
Ao derivar da linfa por entre os nenufares,
Quero ver palpitar, como em meu crânio a ideia,
O inseto friorento na lânguida ninfeia!

Ao despertar festivo da alegre natureza,                    25
Quero colher as clícias que brincam na devesa;
Sentir os raios ígneos da luz do sol de maio
Reanimar-me a vida que foge num desmaio;
Pousar um longo beijo nas rubras maravilhas
E contemplar do céu as vaporosas ilhas.                     30

E quando o ardor latente que cresta minha fronte
Ceder à neve algente que touca o negro monte;
Quando a etérea asa da brisa fugitiva
Trouxer-me os castos trenos da terna patativa,
Elevarei meus carmes ao Ser que criou tudo,                 35
E dormirei sorrindo num leito ignoto e mudo.

---

NOTAS

Epígrafe:
"Antes de expirar o dia/ Vi morrer minha esperança" são versos da
peça *Quien habla más obra menos* (Quem fala mais menos faz), de Don
Fernando de Zárate, pseudônimo de Antonio Enríquez Gómez (1600-
1663), poeta e dramaturgo do Século de Ouro espanhol, o que revela o
amplo repertório de leituras de Narcisa. Essa reflexão sobre o caráter efê-
mero e ilusório das nossas esperanças tem afinidade profunda com a visão
de mundo barroca, que o Romantismo, em certa medida, revisitou.

Glossário:
alfombra (verso 1): relva, relvado
crestar (8): queimar levemente
fauce (10): goela
procela (12): tormenta, tumulto
linfa (22): água límpida; na Roma antiga, deidade das águas
nenufar (22): o mesmo que nenúfar, planta aquática da família das

ninfeias; note-se que nos poemas de *Nebulosas* a tônica cai sempre na sílaba "fa"

clícia (26): girassol

devesa (26): mata cercada ou murada

ígneo (27): relativo a fogo

algente (32): álgido, glacial

toucar (32): cobrir, encimar

treno (34): canto lamentoso, elegia

patativa (34): pássaro tropical, de canto suave e melodioso

carmes (35): cantos, poemas

ignoto (36): que não é conhecido ou notado

Comentário:

O "desengano", palavra que dá título ao poema, foi um dos temas centrais do período barroco. Ele expressa uma forte tensão entre o mundo material e o espiritual, e sintetiza a percepção de que tudo o que parece belo e valioso é transitório e efêmero.

Este poema parte do sentimento barroco da incerteza e o incorpora à estética romântica, com versos longos e melodiosos, de intensa subjetividade: "E sinto que, seguindo uma ilusão perdida,/ Me arqueja, treme e expira a lâmpada da vida!" (vv. 5-6). O jogo de contrastes, tipicamente barroco, está presente, por exemplo, na rima de "ventura" (v. 9, bem-aventurança) com seu oposto "sepultura" (v. 10) e também no contraponto entre "despertar" (v. 25) e "dormir" (v. 36).

A estrofe 3 — que principia com "Então pálida e triste, alcei a fronte altiva" (v. 13) e termina com "E a multidão passou soberba, muda, fria!" (v. 18) — reflete toda ela um imaginário romântico. A estrofe 4 segue a mesma linha, aprofundando o impulso para o sofrimento ("Trilhar quero um caminho orlado só de dores", v. 20). Essa negatividade, entretanto, contrasta com a positividade das estrofes seguintes, "[Quero] Pousar um longo beijo nas rubras maravilhas/ E contemplar do céu as vaporosas ilhas" (vv. 29-30) — imagem que alude, novamente, às nebulosas, tão importantes para Narcisa Amália.

# DESALENTO

> *Présago el corazón late en mi pecho!*
>
> Martínez de la Rosa

Adeus, lendas de amor, doirados sonhos
    De meu cérebro enfermo;
Adeus, da fantasia, ó lindas flores,
    Rebentadas no ermo.

Um dia, da quimera no regaço,          5
    Adormeci sorrindo;
E os astros, lá do empíreo debruçados,
    Verteram brilho infindo...

Como a flux da onda egeia um divo canto
    De Homero, o bardo cego,         10
Resvalei da paixão nas vagas fúlgidas,
    De esplendores num pego!...

Mas depois... densa nuvem desenhou-se
    Na safira do céu,
E a ledice infantil fugiu tremendo       15
    Ao futuro escarcéu!

. . . . . . . . . . . . . . . . . . . . . . . . . . . . .

. . . . . . . . . . . . . . . . . . . . . . . . . . . . .

Por que deixas, ó Deus, que o gelo queime
    Minh'alma, planta fria?!...
Cedo descansarei (que importa?) os membros
    Na penumbra sombria,       20

Onde a roxa saudade funerária
	Enlaça-se ao cipreste;
Onde a lua, chorosa peregrina,
	Derrama a luz celeste!

A vós, lendas de amor, sombras queridas        25
	Dos devaneios meus;
A vós que me embalaste a adolescência,
	Meu pranto e eterno adeus!...

———

### NOTAS

Epígrafe:
"Presciente bate o coração em meu peito!" Versos de "La boda de Portici" (1838) (As bodas de Portici), de Francisco Martínez de la Rosa (1787-1862), poeta, dramaturgo e político espanhol.

Glossário:
empíreo (verso 7): a mais alta esfera do céu
a flux (9): a jorros, em abundância
egeia (9): referente aos povos do mar Egeu, na Grécia
vagas (11): ondas
pego (12): pélago, abismo, mar profundo
ledice (15): alegria
escarcéu (16): vagalhão, grande onda; por extensão, alvoroço
cipreste (22): árvore conífera associada à morte e ao luto

Comentário:
Combinando versos de 10 e 6 sílabas, as sete quadras deste poema criam um ritmo em que se alternam expansão e retração, o que, em termos formais, casa bem com o que o poema quer expressar. Tematicamente, "Desalento" trata do momento de ruptura entre os sonhos da adolescência e a consciência da idade adulta. Assim, ele aborda o temor de que as

"lendas de amor, doirados sonhos" (v. 1) e as "lindas flores" da fantasia (v. 3) que embalaram "a adolescência" (v. 27) da poeta sejam construções passageiras, às quais chegou o momento de dar "adeus". Note-se que o poema principia exatamente com a repetição da palavra "Adeus" (vv. 1 e 3), procedimento que encontra ecos na repetição de "Onde" (vv. 21-3) e de "A vós" (vv. 25-7).

# AGONIA

*Je meurs, et, sur ma tombe, où lentement j'arrive,*
*Nul ne viendra verser des pleurs.*

Gilbert

Como vergam as lindas açucenas
    As pétalas alvejantes
Quando voam do sul as brumas frias;
Quando rola o trovão nas serranias
    E os raios coruscantes;           5

Como a rola das selvas, trespassada
    De mortífera seta
Despedida por bárbaro selvagem,
Que a débil fronte inclina e cai à margem
    Da lagoa dileta;           10

Como a estrela gentil de um céu risonho,
    Luzindo aos pés de Deus,
Que pouco a pouco triste empalidece,
E cada vez mais pálida falece
    Envolta em negros véus;          15

Como a gota de mel que entorna a aurora
    Na trêmula folhagem,
E brilha, e fulge ao prisma de mil cores;
Que depois desaparece aos esplendores
    Da doirada voragem;          20

Assim foram-se as rosas de meu peito
  Sem os rocios de outono...
Vejo apenas a palma do martírio
Convidando-me a ir à luz do círio
  Dormir o eterno sono.                              25

---

NOTAS

Epígrafe:
Em tradução literal: "Morro; e sobre meu túmulo, para o qual lentamente me encaminho,/ Ninguém virá derramar lágrimas". Versos do poeta francês Nicolas Gilbert (1750-1780). Pertencem ao poema "Ode imitée de plusieurs psaumes" (Ode imitada de vários salmos), também conhecido como "Adieu de la vie" (Adeus à vida), composto uma semana antes de o poeta morrer, aos 29 anos.

Glossário:
coruscante (verso 5): reluzente
rocio (22): orvalho
palma do martírio (23): no catolicismo, a folha da palmeira é símbolo de
    triunfo sobre a morte
círio (24): no catolicismo, longa vela de uso ritual

Comentário:
Embora esteja tratando do tema da morte, o andamento do poema é digno e sereno. Contribui para isso o fato de que as quatro primeiras estrofes começam e se estruturam do mesmo modo, fazendo comparações com elementos doces e gentis da natureza: "Como [...] as lindas açucenas" (v. 1), "Como a rola das selvas" (v. 6), "Como a estrela gentil" (v. 11) e "Como a gota de mel" (v. 16).
Todas essas imagens claras, positivas, são expressas num ritmo elegante, que alterna o verso de dez sílabas com redondilhas maiores, criando um efeito quase clássico dentro de um poema romântico. Note-se que

na última estrofe a natureza já surge introjetada ("as rosas de meu peito", v. 21). Pode-se dizer que é um belo poema de preparação para a morte, no qual o sentimento de "Agonia" é filtrado, quase pacificado, pela comparação com elementos da natureza.

# CONSOLAÇÃO

Paródia à poesia precedente, pelo sr. J. Ezequiel Freire

Se também vingam lindas açucenas,
    Mimosas, alvejantes,
Nas dobras dos valados — ermas, frias,
Dardeje embora o sol nas serranias
    Seus raios coruscantes;          5

Se também a rolinha trespassada
    D'ervada, negra seta,
Acha às vezes um bálsamo selvagem,
E vai gemer ainda à fresca margem
    Da lagoa dileta;          10

Por que descrês de teu porvir risonho,
    Poetisa de Deus?!...
Se o fanal do viver empalidece,
Se às vezes sem alento ele falece
    Envolto em negros véus;          15

Bem cedo raia do prazer a aurora
    E a trêmula folhagem
Das flores do viver, rebrilha em cores;
E ostenta mil doirados resplendores
    Sem medo da voragem!          20

Avante! Quando as rosas de teu peito
    Fenecerem no outono,
Ser-te-á um sólio — a palma do martírio!
E o sol da glória, — o prefulgente círio
    Que velará teu sono!...           25

------

### NOTAS

Glossário:
valado (verso 3): valas que protegem uma propriedade rural
dardejar (4): cintilar
coruscante (5): reluzente
ervada (7): envenenada
fanal (13): farol
sólio (23): trono
palma do martírio (23): no catolicismo, a folha da palmeira é símbolo de
    triunfo sobre a morte
círio (24): no catolicismo, longa vela de uso ritual

Comentário:
Ao incluir em seu livro uma "paródia" (isto é, um texto que recria
outro, mantendo alguns elementos do original) realizada por um amigo e
admirador seu, Narcisa revela o quanto os poetas românticos eram capazes de fazer da poesia uma forma genuína de comunicação entre eles.

"Consolação" é a resposta do poeta e jornalista abolicionista José
Ezequiel Freire (1850-1891) ao poema anterior, "Agonia". Note-se que o
poema repete a estrutura do original e as mesmas palavras ao final de cada verso. Que é dirigido à pessoa de Narcisa fica claro pelos versos "Por
que descrês de teu porvir risonho,/ Poetisa de Deus?!..." (vv. 11-2).

Assim como acolhe em *Nebulosas* um poema de seu contemporâneo
Ezequiel Freire, Narcisa não hesita em concluir seu livro com a tradução
de um longo poema de Victor Hugo (1802-1885) (ver "Os dois troféus",
pp. 255-64). É uma forma de reafirmar seu diálogo intenso não só com a
tradição poética, mas também com os escritores de seu tempo.

# AMARGURA

> *Senti já o golpe no coração, e como a copaíba*
> *ferida no âmago, destilo lágrimas em fios!*
>
> José de Alencar

Ao desmaiar do sol, além, nas cordilheiras,
Ao badalar dos sinos dobrando — Ave-Maria, —
Ai! desprende um gemido, acorde doloroso,
       Minh'alma na agonia!

Que importa o ledo riso de um tempo já volvido?     5
Que importa o beijo frio da cerração do sul?...
O sofrimento extingue anelos de ventura,
       — Flor virgem num paul! —

Já tive, como todos, meus enlevados sonhos,
Senti tingir-me a face a púrpura do enleio;     10
E o coração pulsou-me um dia entre delícias
       Fazendo arfar o seio.

E a flor vendo-me a furto, fulgia mais contente!
E as lâmpadas do céu brilhavam mais gentis!
E os cânticos das aves mais ternos se elevavam     15
       Nas virações sutis!

E a lua me enviava um raio de tristeza;
A luz, beijo de fogo — ardente, fulgurante!
A nuvem vaporosa ao perpassar no espaço,
       Olhava-me um instante!     20

Ai! cedo esvaeceu-se a frívola miragem,
E fugitiva, rápida, desfez-se essa ilusão;
Apenas hoje sangra e estua-me sem vida
      O gélido coração.

Não mais se expandem lírios, nem luzem mais estrelas;   25
Emudeceram lentos os mágicos cantores:
Não mais me envolve a luz entre amorosos laços,
      E límpidos fulgores.

Por que não sou a rola que deixa além o ninho,
E estende as leves asas, e voa n'amplidão?   30
Por que não chego ao menos a fronte à imensidade
      Por sobre a criação?!...

Por que não sou o íris que arqueia-se no éter?
Por que não sou a nuvem dos páramos sidéreos?
Por que não sou a onda azul que além desmaia   35
      A revelar mistérios?...

O mundo que me vê passar sem um sorriso,
Não vê do meu tormento o horrendo vendaval!
Ele que acolhe e afaga o venturoso, entrega
      O triste à lei fatal!...   40

Só resta hoje à minh'alma os campos do infinito;
Aquece-se a tristinha ao sol da eternidade;
E se à lembrança traz as lendas que se foram,
      São laivos de piedade!

Meu Deus! por que embalar-me o quedo pensamento   45
Se amor é passageiro, se as glórias são de pó?!
Poetisa — tomo a lira às lufas da descrença,
      E a ti me volvo só.

Bondoso abre-me os braços, reúne-me a teus anjos,
A eternal ventura almejo palpitante;                    50
Contemplarei o — nada — do seio das estrelas,
          Das dores triunfante!

----

### NOTAS

Epígrafe:
A epígrafe é trecho do capítulo XXVII de *Iracema* (1865), de José de Alencar (1829-1877), e se refere à própria Iracema, a indígena protagonista do romance. No original de Alencar, "sentiu" e "destilou", aqui alterado para a primeira pessoa, "senti" e "destilo".

Glossário:
ledo (verso 5): alegre
anelo (7): anseio
paul (8): pântano
a furto (13): secretamente, sem ser notada
virações (16): brisas
estuar-se (23): agitar-se
íris (33): arco-íris
éter (33): o espaço celeste
páramo (34): campo deserto e elevado; por extensão, o firmamento
sidéreo (34): sideral
laivo (44): vestígio, rudimento
quedo (45): quieto, sereno
lufa (47): lufada, rajada

Comentário:
Encontramos aqui um tema característico do Romantismo e bastante frequente em Narcisa Amália: o contraste entre as alegrias do passado ("o ledo riso de um tempo já volvido", v. 5) e um presente em que "Não mais se expandem lírios, nem luzem mais estrelas" (v. 25). Tempos de descrença, pois os "enlevados sonhos" (v. 9), o coração pulsando "entre de-

lícias" (v. 11), "as lâmpadas do céu" (v. 14), "os cânticos das aves" (v. 15), a "luz, beijo de fogo" (v. 18) — todos elementos que denotam um estado de felicidade ou arrebatamento — se desfizeram, na estrofe 6, como "frívola miragem" (v. 21), "fugitiva, rápida [...] ilusão" (v. 22).

Mas, apesar das interrogações e da "amargura" que as estrofes seguintes exploram, o poema não termina em tom de derrota, como o título poderia dar a entender. "Se amor é passageiro, se as glórias são de pó" (v. 46), a poeta se ergue na condição de "Poetisa", alguém capaz de tomar "a lira às lufas da descrença" (v. 47), isto é, capaz de fazer valer seu canto mesmo na adversidade, contra as lufadas de vento da desesperança. É isso que sustenta o tom confiante e afirmativo com que o poema se encerra, "Contemplarei o — nada — do seio das estrelas" (v. 51), triunfando sobre as próprias dores.

# FRAGMENTOS

Minh'alma é como a rola gemedora
Que delira, palpita, arqueja e chora
Na folhagem sombria da mangueira;
Como um cisne gentil de argênteas plumas,
Que falece de amor sobre as espumas,     5
A soluçar a queixa derradeira!

. . . . . . . . . . . . . . . . . . . . . . . . . . . . . .

Meu coração é o lótus do Oriente,
Que desmaia aos langores do Ocidente
Implorando do orvalho as lácteas pérolas;
E na penumbra pálida se inclina,     10
E murmura rolando na campina,
"Ó brisa, me transporta às plagas cérulas!"

. . . . . . . . . . . . . . . . . . . . . . . . . . . . . .

Ai! quero nos jardins da adolescência
Esquecer-me das urzes da existência,
Nectarizar o fel de acerbas dores;     15
Depois... remontarei ao paraíso,
Nos lábios tendo os lírios do sorriso,
Sobre as asas de místicos amores!

# NOTAS

Glossário:
langor (verso 8): doçura, suavidade
plaga (12): região, país
cérula (12): cerúlea, celestial
urze (14): tipo de arbusto baixo
acerba (15): azeda, atroz

Comentário:
Há uma beleza neste poema que se apresenta sem dedicatória, sem epígrafe, sem outro título que não seja a sua própria condição de fragmento. Seus versos parecem corresponder a um impulso genuíno da sensibilidade da poeta, e a referência à "folhagem sombria da mangueira" (v. 3), na qual se abriga "a rola gemedora/ Que delira, palpita, arqueja e chora" (vv. 1-2), confere uma nota de veracidade local, que é muito bem-vinda, pois se coaduna perfeitamente com a necessidade expressiva da autora. Tal como o poema precedente, mas num tom menos combativo, este também se encerra com uma nota positiva, ascensional, "remontarei ao paraíso,/ Nos lábios tendo os lírios do sorriso,/ Sobre as asas de místicos amores!" (vv. 16-8).

De certo modo, esse movimento já está sintetizado no início do segundo fragmento, no verso "Meu coração é o lótus do Oriente" (v. 7). Como a flor de lótus, que é aquática, submerge na água quando se faz noite e volta a se expandir ao amanhecer, podemos ler o poema como a expressão de um desejo de transformação e renascimento.

# CISMA

*Zéfiro pleno da estival fragrância,*
*Sinto a teus beijos ressurgir-me n'alma*
*O drama inteiro da rosada infância!*

Fagundes Varela

Ó aura merencória do crepúsculo,
Mais terna que o carpir de Siloé;
És tu que embalas minha funda angústia;
És tu que acendes no meu peito a fé.

És tu que trazes-me a virgínea endeixa                5
Que os anjos gemem na celeste estância;
O sussurro dos plátanos do Líbano,
O frescor dos rosais de minha infância!

Estranha languidez gela-me o seio;
Abre-se além a campa glacial;                          10
Minha fronte que ao chão lívida pende,
Levanta com teu beijo divinal!

Eu tenho n'alma uma saudade infinda,
Mais profunda que o abismo dos espaços...
— Choro meu berço que deixei criança;                 15
— Choro o sol que aclarou meus débeis passos.

Recorda-me as dolentes monodias
Que na lagoa canta o pescador;
E as tristonhas cantigas dos escravos
Quando o céu se desata em luz de amor!                 20

E os campos de esmeralda que s'enlaçam
À opala radiante do infinito...
E a pluma extensa dos bambus da mata,
Onde ecoava da araponga o grito...

Ai, não me fujas, viração sentida!   25
Fala-me ainda da estação feliz!
Desfolha sobre a tumba de meus sonhos
A grinalda dos risos infantis!

Este ligeiro hálito da pátria
Como desperta sensação tão pura!   30
Como esta essência dos folguedos idos,
Infunde n'alma tão sutil ternura!

Ó aura do crepúsculo, mais suave
Que o perfume das rosas de Istambul;
— Leva a meu ninho meu gemer de alcíone!   35
— Traz de meu ninho a primavera azul!

-----

NOTAS

Epígrafe:
Versos do poema "Cismas à noite", publicado em *Cantos e fantasias*
(1865), de Fagundes Varela, poeta já célebre e que, após a publicação de
*Nebulosas*, fez questão de se deslocar até Resende para conhecer Narcisa
Amália pessoalmente. O encontro entre os dois se deu em 1873, por inter-
médio do poeta Otaviano Hudson. Na ocasião, Hudson entregou à poeta
uma carta de apresentação em versos que se iniciava nos seguintes termos:
"O cantor do Anchieta e do Evangelho,/ O Tasso dessa Itália,/ O Fagundes
Varela — o inspirado,/ Pediu-me que vos fosse apresentado,/ Dona Narci-

sa Amália!". Após o encontro, Varela dedicaria a Narcisa o poema "Tributo de admiração: o gênio e a beleza".

Glossário:
merencória (verso 1): melancólica
virgínea (5): virginal
endeixa (5): endecha, poesia fúnebre
plátano (7): tipo de árvore
campa (10): pedra que cobre a sepultura
dolente (17): queixoso
monodia (17): canto lamentoso
araponga (24): pássaro conhecido por seu grito estridente
viração (25): brisa
folguedo (31): divertimento
alcíone (35): figura da mitologia grega, mulher transformada em ave

Comentário:
A epígrafe escolhida fornece uma boa chave de leitura. Além do título, vários dos elementos presentes no texto de Varela têm correspondentes no poema de Narcisa: "rosada infância" — "minha infância" (v. 8); "teus beijos ressurgir-me n'alma" — "teu beijo divinal" (v. 12); "fragrância" — "perfume" (v. 34); e "Zéfiro", vento brando, torna-se aqui "viração sentida" (v. 25). Narcisa parece ter realmente penetrado no sentido dos versos de Fagundes Varela ou, ao contrário, depois de experimentar a nostalgia da infância, encontrou nos versos de Varela um equivalente de seu próprio sentimento.

A alusão ao "carpir de Siloé" (v. 2) não é muito clara. Na Bíblia, em João 9:1-7, Siloé refere-se a uma piscina ou reservatório de água próximo a Jerusalém. Uma interpretação possível é que o verbo "carpir" evoque o som lamurioso e melancólico das águas ao escorrerem do reservatório, em harmonia com o ambiente descrito nos versos da primeira estrofe.

Já a referência ao pássaro alcíone na derradeira estrofe ("— Leva a meu ninho meu gemer de alcíone!", v. 35) remete a uma figura da mitologia grega. Segundo o mito, após a morte trágica de seu companheiro no mar, os deuses, comovidos pelo sofrimento de Alcíone, transformaram a ambos em pássaros chamados "alcíones", também conhecidos como martins-pescadores. "Meu gemer de alcíone" pode ser entendido aqui como o lamento amoroso e melancólico da poeta, expressão do desejo de retorno ao "ninho" e a uma "primavera azul", imagem da alegria e da esperança renovadas.

# RESIGNAÇÃO

*Oh! que essa tristeza tem doce magia,*
*Qual luz que esmorece lutando co'as sombras*
*Nas vascas do dia.*

Bernardo Guimarães

No silêncio das noites perfumosas
Quando a vaga chorando beija a praia,
Aos trêmulos rutilos das estrelas,
Inclino a triste fronte que desmaia.

E vejo perpassar as sombras castas    5
Dos delírios da leda mocidade;
Comprimo o coração despedaçado
Pela garra cruenta da saudade.

Como é doce a lembrança desse tempo
Em que o chão da existência era de flores,    10
Quando entoava, ao múrmur das esferas,
A copla tentadora dos amores!

E voava feliz nos ínvios serros
Em pós das borboletas matizadas...
Era tão pura a abóbada do elísio    15
Pendida sobre as veigas rociadas!...

Hoje escalda-me os lábios riso insano,
É febre o brilho ardente de meus olhos:
Minha voz só retumba em ai plangente,
Só juncam minha senda agros abrolhos.    20

Mas que importa esta dor que me acabrunha,
Que separa-me dos cânticos ruidosos,
Se nas asas gentis da poesia
Elevo-me a outros mundos mais formosos?!...

Do céu azul, da flor, da névoa errante,                     25
De fantásticos seres, de perfumes,
Criou-me regiões cheias de encanto,
Que a lua doura de suaves lumes!

No silêncio das noites perfumosas,
Quando a vaga chorando beija a praia,                       30
Ela ensina-me a orar tímida e crente,
Aquece-me a esperança que desmaia.

Oh! bendita esta dor que me acabrunha,
Que separa-me dos cânticos ruidosos,
De longe vejo as turbas que deliram,                        35
E perdem-se em desvios tortuosos!...

———

NOTAS

Epígrafe:
Versos do poema "Primeiro sonho de amor", de *Cantos da solidão*,
de Bernardo Guimarães (1825-1884), publicado em 1852.

Glossário:
vaga (verso 2): onda
rutilo (3): brilho, cintilação
leda (6): alegre
múrmur (11): ruído de água

esferas (11): astros
copla (12): estrofe usada na poesia trovadoresca
ínvio (13): intransitável
serro (13): monte escarpado
em pós de (14): atrás de, perseguindo
elísio (15): céu, paraíso
veiga (16): campo cultivado
rociado (16): orvalhado, umedecido
agro (20): áspero, amargo
abrolho (20): planta rasteira e espinhosa; por extensão, obstáculo

Comentário:

O poema de Bernardo Guimarães, citado na epígrafe, principia com uma interrogação dirigida a uma jovem: "Que tens, donzela, que tão triste pousas/ Na branca mão a fronte pensativa [...]?". Narcisa parece tomar essa interrogação para si e responde com o poema "Resignação", estabelecendo um diálogo com o poeta mais velho.

Narcisa contrapõe a "doce lembrança" (v. 9) de uma época em que "o chão da existência era de flores" (v. 10) ao momento presente, na estrofe 5: "Hoje escalda-me os lábios riso insano,/ [...] Só juncam minha senda agros abrolhos" (vv. 17-20). Mas desse contraste não resulta um impasse ou uma paralisia. Ao contrário, na estrofe 6 a poesia surge novamente como fonte de elevação: "Mas que importa esta dor que me acabrunha,/ Que separa-me dos cânticos ruidosos,/ Se nas asas gentis da poesia/ Elevam-me a outros mundos mais formosos?!..." (vv. 21-4).

Ao final do poema, a mesma "dor que acabrunha" (v. 21), mencionada na estrofe 6, retorna transformada: "bendita esta dor que me acabrunha" (v. 33) — transformação que só é possível pela ação da poesia. Talvez a "Resignação" que dá título ao poema não seja a da poeta com a sua própria condição, mas com a dos outros, aqueles que ela cita nos dois últimos versos e que se encontram distantes da poesia: "De longe vejo as turbas que deliram,/ E perdem-se em desvios tortuosos!..." (vv. 35-6).

# SEGUNDA PARTE

# INVOCAÇÃO

Ao dr. Pessanha Póvoa

*Ingrata... Oh! não te chamarei ingrata;*
*Sou filho teu: meus ossos cobre ao menos,*
*Terra da minha pátria, abre-me o seio!*

Almeida Garrett

Quando a noite distende seu manto,
Quando a Deus faz subir rude canto
Da lagoa o audaz pescador;
Quando rolam no éter mil mundos, —
Quando eleva plangentes, profundos,    5
Seus poemas, feliz trovador;

Quando a aragem perdida, faceira,
Beija a flor do amaranto, e ligeira
Os olores lhe rouba tremente;
Quando a linfa s'enrosca e murmura,    10
Na macia, relvosa espessura,
Qual argêntea, travessa serpente;

Quando fulge a rainha dos mares
Desdobrando, entornando nos ares
Suavíssima e plácida luz,    15
E descansa chorando na lousa
Onde a virgem dormente repousa,
Acolhendo-se à sombra da cruz;

Quando ao som das gentis cachoeiras
Mil ondinas a flux, feiticeiras,    20
Cortam rolos de espuma de prata;

E desperta do abismo os mistérios,
E reboa nos campos aéreos
O gemido tenaz da cascata;

Sinto n'alma pungir-me um espinho!　　　　25
Sinto o vácuo embargar o caminho
Que procuram meus trenos de amor!
Desse sol que dá luz e ventura,
Desses pampas de eterna verdura,
Ai! não vejo a beleza, o esplendor!　　　　30

Se eu pudesse, qual cisne mimoso
Que nas águas campeia orgulhoso,
Demandar minha pátria adorada...
Ou condor, em um voo gigante,
Contemplar sob o céu — palpitante —　　　35
Esses lagos de areia doirada...

Mas, ó pátria, são frágeis as asas!
E se aos bardos mil vezes abrasas
Não me ofertas um mirto sequer!...
Quando intento librar-me no espaço,　　　40
As rajadas em tétrico abraço
Me arremessam a frase — mulher!...

Seja embora! Se em leves arpejos
Vem a brisa cercar-te de beijos
E dormir sobre tuas campinas,　　　　　45
Dá-me um trilo dos plúmeos cantores!
Dá-me um só dos ardentes fulgores
De teu cálido céu sem neblinas!

———

## NOTAS

Dedicatória:
José Joaquim Pessanha Póvoa (1836-1904) foi um advogado, jornalista, escritor e político nascido, como Narcisa Amália, em São João da Barra, no Rio de Janeiro. É o autor do prefácio a *Nebulosas* (reproduzido neste volume às pp. 271-86).

Epígrafe:
Versos do longo poema "Camões" (1825), de João Baptista de Almeida Garrett (1799-1854), obra pioneira do Romantismo português.

Glossário:
éter (verso 4): o espaço celeste
aragem (7): vento suave, brisa
linfa (10): água límpida; na Roma antiga, deidade das águas
lousa (16): pedra que cobre a sepultura
ondina (20): ninfa das águas; por extensão, pequena onda
a flux (20): a jorros, em abundância
feiticeira (20): atraente, encantadora
reboar (23): ecoar
treno (27): canto lamentoso, elegia
campear (32): percorrer o campo; acampar
mirto (39): murta, planta arbustiva de flor perfumada
librar-se (40): equilibrar-se, sustentar-se
trilo (46): trinado, canto melodioso dos pássaros

Comentário:
Este poema, que dá início à segunda parte do livro, assinala uma inflexão importante no rumo de *Nebulosas*, pois nele — tal como acontece na epígrafe de Garrett — a poeta invoca diretamente a "pátria" (vv. 33 e 37). A sexta estrofe inicia com uma forte aspiração, "Se eu pudesse" (v. 31), e se completa com a comparação a dois pássaros. Ao "cisne mimoso" (isto é, elegante, delicado), mas também "orgulhoso". E ao "condor", com seu "voo gigante", que pode contemplar do alto "Esses lagos de areia doirada..." (v. 36), imagem da beleza poética, muito próxima das "lagunas encantadas" que a poeta vislumbrou no v. 67 de "Nebulosas".
Mas o que Narcisa quer dizer quando escreve "Se eu pudesse [...]/ Demandar minha pátria adorada..." (vv. 31-3)? O verbo "demandar" tem

muitos sentidos. Pode significar "interrogar", "exigir", "requerer", mas também "chegar", "alcançar". De certo modo, o sentido vai ficar mais claro nos próximos versos.

Na abertura da estrofe seguinte, ela declara abertamente, "Mas, ó pátria, são frágeis as asas!" (v. 37). Entenda-se: são frágeis as asas do cisne e do condor com os quais se comparou na estrofe anterior, isto é, são frágeis as asas da poeta. Por quê? A resposta vem clara e cortante nos vv. 40-2. Porque "Quando intento librar-me [ou seja, equilibrar-me] no espaço,/ As rajadas em tétrico abraço/ Me arremessam a frase — mulher!...". Com este verso ímpar, Narcisa está dizendo, enfaticamente, que a condição de mulher é um obstáculo ao reconhecimento em sua pátria, e que é isso o que corrói suas aspirações.

É um dos momentos fortes do livro, e, de fato, a partir deste poema vemos surgir, no conjunto de *Nebulosas*, um movimento que se acentua progressivamente, em que a reivindicação da subjetividade feminina vai se combinar com a aspiração por uma pátria livre e libertária, isenta de injustiças e desigualdades.

# NO ERMO

*Quando penetro na floresta triste*
*Qual pela ogiva gótica o antiste*
*Que procura o Senhor,*
*Como bebem as aves peregrinas*
*Nas ânforas de orvalho das boninas,*
*Eu bebo crença e amor!...*

Castro Alves

Salve! florestas virgens, majestosas,
Aos céus alçando as comas verdejantes
   Em perenais louvores!
Salve! berço de brisas suspirosas,
D'onde pendem coroas flutuantes        5
   Aos lúcidos vapores!

Eu que esgotei do sofrimento a taça,
Que pendo par'a campa úmida e fria,
   No alvorecer da vida;
Que na longa vigília da desgraça        10
Não vejo luz... nem tenho na agonia
   Consolação querida;

Eu que sinto na fronte erma de sonhos
A centelha voraz, a febre ardente
   Que o viver me consome;        15
Que já não creio num porvir risonho...
Que só busco olvidar num ai plangente
   O martírio sem nome...

Oh! eu quero, meu Deus, sorver sedenta
Os virgíneos eflúvios desta selva,      20
    Gozar beleza e sombra!
Molhar meus pés na vaga sonolenta...
E desmaiar depois da mole relva
    Na balsâmica alfombra!

Aqui, entre estes troncos seculares,      25
Sob a cúpula ingente que flutua
    Num mar de luz serena,
Não penetra a paixão com seus esgares;
Mais lânguido fulgor esparge a lua
    Nas asas da falena.      30

Na mística penumbra entrelaçadas
Vicejam longas palmas espinhosas
    De rastejantes cardos;
E do âmago das árvores lascadas,
Em fios brotam bagas preciosas      35
    De cristalinos nardos.

Ao brando embate da amorosa aragem
Desprendem-se das longas trepadeiras
    Mil pétalas purpurinas;
E dos terrais a tépida bafagem      40
Derrama o grato odor das canemeiras
    No cálix das boninas.

Nas folhas de sereno gotejantes,
Balouça-se o inseto de esmeralda
    À luz doirada e pura;      45
A serpente de tintas cambiantes
Desprende-se da flórida grinalda,
    E roja na espessura!

Além, recorta o vale aveludado,
Entre moutas gentis de violetas 50
   O arroio preguiçoso;
E das flores aladas namorado,
Retrata as doudejantes borboletas
   No leito pedregoso.

Em floridos festões cria a liana, 55
Sobre a linfa que rola murmurando,
   Mil pontes graciosas,
Ou coliga-se à hercúlea canjerana,
E eleva-se, blandícias derramando,
   Às nuvens luminosas. 60

O povo dos cerúleos passarinhos
Que há pouco em doces hinos de alegria,
   Cantava seus amores,
Volteia em busca dos macios ninhos
Saciado de gozo, a fantasia 65
   Repleta de esplendores.

Pouco a pouco derramam-se nos ares
Mais doces murmúrios. Já se esvaem
   No remanso da noite
Os arpejos dos trêmulos pilares; 70
Já não bafeja os lótus, que descaem,
   Das auras o açoite.

Agora que repousa a turba estulta,
Que a lua brinca nos vergéis fulgentes,
   E os silfos se embevecem, 75
O primeiro cantor brasíleo exulta;
E os gorjeios sonoros, estridentes,
   Num gemido falecem!

De novo a voz se alteia palpitante
Ao capricho indolente, langoroso,      80
    Da garganta canora;
Varia o poeta a escala delirante...
Dir-se-ia o murmurar langue saudoso
    Da onda que s'esflora!...

Eu amo estes risonhos alcaçares,      85
Quer a pino dardeje o rei dos astros
    Seus raios queimadores,
Quer a névoa que ondeia entre os palmares
Vele os noturnos, luminosos rastros,
    Com gélidos palores.      90

Aqui aos ternos cânticos das aves,
Ao refulgir das lágrimas da aurora
    Nos campesinos véus,
Minh'alma presa de emoções suaves
Desdenha a mágoa insana que a devora,      95
    E remonta-se aos céus!

Salve! florestas virgens, majestosas,
Aos céus alçando as comas verdejantes
    Em perenais louvores!
Salve! berço de brisas suspirosas,      100
D'onde pendem coroas flutuantes
    Aos lúcidos vapores!

NOTAS

Epígrafe:
Versos do poema "Sub tegmine fagi", escrito por Castro Alves em 1867 e publicado em seu livro *Espumas flutuantes* (1870). O título é uma expressão latina que quer dizer "à sombra da faia" e, por extensão, "à sombra das árvores". Tem o sentido de adentrar uma floresta.

Glossário:
coma (verso 2): cabeleira; copa de árvore
lúcido (6): luminoso
campa (8): pedra que cobre a sepultura
alfombra (24): relva, relvado
ingente (26): muito grande; retumbante
esgar (28): expressão facial que indica desprezo
falena (30): espécie de mariposa
cardo (33): planta de caule espinhoso
baga (35): gota de orvalho ou suor
nardo (36): planta da família da valeriana cujo óleo aromático é muito
     utilizado em contextos religiosos
aragem (37): vento suave, brisa
terral (40): vento noturno que sopra da terra para o mar
bafagem (40): brisa, viração
canemeira (41): árvore de frutos tóxicos encontrada no Sul do Brasil
cálix (42): cálice
bonina (42): flor também conhecida como margarida ou bem-me-quer
espessura (48): vegetação cerrada
mouta (50): moita
doudejar (53): brincar, vaguear
festão (55): grinalda, guirlanda
liana (55): cipó
linfa (56): água límpida; na Roma antiga, deidade das águas
canjerana (58): árvore de madeira avermelhada
blandícia (59): afago
cerúleo (61): celeste
aura (72): aragem, brisa
vergel (74): pomar
silfo (75): na mitologia germânica, gênio elementar do ar
langoroso (80): lânguido; por extensão, suave

canora (81): melodiosa, suave
langue (83): lânguido, abatido; por extensão, suave
esflorar-se (84): agitar-se, encrespar-se
alcaçar (85): castelo, fortaleza
dardejar (86): cintilar
palor (90): palidez, lividez

Comentário:
O Romantismo inaugurou um novo capítulo nas relações entre os seres humanos e a natureza. Nesse período, artistas e escritores, sobretudo poetas, perceberam que os fenômenos da natureza falavam diretamente ao seu íntimo, às suas próprias emoções. Num sentido inverso, podiam também explorar seu mundo interior como se este fosse também a natureza. Estava criado assim um vínculo que, apesar de todas as transformações sociais e culturais dos últimos 150 anos, permanece vivo ainda hoje.

Narcisa Amália foi bastante sensível a esse aspecto, e muitos de seus poemas cifram sentimentos e sensações pessoais através de descrições ou figurações da natureza (como se pode ver, por exemplo, no verso "Meu coração é o lótus do Oriente", de "Fragmentos"). Em "No ermo", ela propõe um pouco mais do que isso.

A primeira estrofe é toda ela uma saudação às "florestas virgens". Já a segunda e a terceira introduzem o tema do *spleen*, isto é, o tédio de viver, o desânimo profundo que, no auge do Romantismo, arrebatou o pensamento e a sensibilidade de muitos jovens. O *spleen* se disseminou a tal ponto no Ocidente que, na França, era chamado de *le mal du siècle*, quer dizer, o "mal do século", tão comum havia se tornado. Note como os versos de abertura deixam explícita essa ênfase no sofrimento individual: "Eu que esgotei do sofrimento a taça/ [...] Eu que sinto na fronte erma de sonhos/ A centelha voraz, a febre ardente/ Que o viver me consome" (vv. 7-15).

No entanto, os versos seguintes não celebram o tédio (o "martírio sem nome", v. 18), mas sim o desejo de viver: "Oh! eu quero, meu Deus, sorver sedenta/ Os virgíneos eflúvios desta selva,/ Gozar beleza e sombra [da floresta]" (vv. 19-21). A partir daí, boa parte das estrofes seguintes abre com um verso musical e sereno, que desenha lindamente o ambiente de uma floresta: "Aqui, entre estes troncos seculares" (v. 25); "Na mística penumbra entrelaçadas" (v. 31); "Ao brando embate da amorosa aragem" (v. 37); "Nas folhas de sereno gotejantes" (v. 43), e assim por diante. Na estrofe 12, cai a noite na floresta e na sequência surgem "os gorjeios sonoros" (v. 77) dos pássaros e os "cânticos das aves" (v. 91). Na penúltima estrofe, a poeta afirma: "Minh'alma presa de emoções suaves/ Desdenha a mágoa insana que a devora,/ E remonta-se aos céus!" (vv. 194-6).

O que o poema está propondo é, muito contemporaneamente, experimentar a solidão povoada de uma floresta como um antídoto aos males do eu e do mundo. A estrofe final repete a estrofe inicial, reiterando a saudação às "florestas virgens, majestosas".

# O ITATIAIA[1]

> *Os negros píncaros do Itatiaia, em forma de agulhas, eram em seus vértices dourados por uma frouxa luz solar, enquanto que um certo lusco-fusco matutino pairava sobre as regiões ocupadas por Minas, São Paulo e Rio de Janeiro. O gelo alastrado por terra e escalando o flanco dos montes era um manto prateado nas várzeas e pirâmides de cristais nos cabeços dos montes!*
>
> Franklin Massena

Ante o gigante brasíleo,
Ante a sublime grandeza
Da tropical natureza,
Das erguidas cordilheiras,
Ai, quanto me sinto tímida!
Quanto me abala o desejo
De descrever num arpejo
Essas cristas sobranceiras!

. . . . . . . . . . . . . . . . . . . .

---

[1] Pátrio ponto culminante. O Itatiaia, ramo da serra da Mantiqueira, é realmente o ponto culminante do Brasil. Segundo o dr. Franklin Massena mede 2.994 metros de altitude da raiz até a base das Agulhas Negras, maravilhoso feixe de pilastras de granito que coroa um de seus mais arrojados píncaros. (Nota da Autora)

Vejo aquém os vales pávidos
Que se desdobram relvosos; 10
Profundos, vertiginosos,
Cavam-se abismos medonhos!
Quanto precipício indômito,
Quanto mistério assombroso
Nesse seio pedregoso, 15
Nessa origem de mil sonhos!...

Ondulam ao longe múrmuras
Aos pés de esguios palmares,
As florestas seculares
Cingidas pela espessura; 20
A liana forma dédalos
Na grimpa das caneleiras,
Do cedro as vastas cimeiras
Formam dosséis de verdura.

Por sobre os seixos dos álveos 25
Coleiam brancas serpentes,
E as águas soltam frementes
Doridos, brandos queixumes;
Ao perpassar pelas fráguas
Em prateados cachões, 30
Sacodem nos turbilhões
Seu diadema de lumes.

Brota a torrente cerúlea
Do Aiuruoca em cascata,
Rola a treda catarata 35
Sobre coxins de esmeraldas;
A linfa desmaia túmida
No coração da voragem,
E terna — lambendo a margem
Vai perder-se além das fraldas! 40

Em três lagos vejo o tálamo
Onde as agulhas se elevam,
Neles constantes se cevam
Três espumosas vertentes;
Do Paraná galho ebúrneo 45
Do Mirantão se desprende
E, sem que banhe Resende,
Leva ao Prata os confluentes!

Rompendo o celeste páramo
Nem mais um tronco viceja, 50
A ericínea rasteja
Sobre as fendas do granito:
Tapeta o solo a nopálea,
Verte eflúvios a açucena,
E a legendária verbena 55
Coroa o negro quartzito!

Mais alto, ostenta-se a anêmona
No caule ranunculoso;
Pendem do seio mimoso
Flocos de virgem pureza: 60
Roubou-lhe a tinta das pétalas
O *cirrus* que adorna a aurora;
A vaga quando desflora
Imita-lhe a morbideza!

O Térglu, o Asse e o Pésciora 65
Invejam esta altitude,
E da coma áspera e rude
Os cabeços recortados.
Pendem rochedos erráticos
Na vastidão da eminência, 70
Belezas que a Providência
Guarda a seus predestinados.

Em derredor, às planícies
Nivelam-se as serranias;
Envoltos nas brumas frias                    75
Transparecem os outeiros;
E o olhar ardente e ávido
Contempla os montes perdidos,
Como troféus reunidos,
Como tombados guerreiros!...                 80

Salve! montanha granítica!
Salve! brasíleo Himalaia!
Salve! ingente Itatiaia,
Que escalas a imensidade!...
Distingo-te a fronte valida,                 85
Vejo-te às plantas rendido,
O meteoro incendido,
A soberba tempestade!...

De teu dorso assomam ínvios
Feixes de pedra em pilastras,                90
Órgão gigante que enastras
De mil grinaldas alpestres!
Quem lhes calca a base, intrépido,
Vendo o sublime portento,
Liberta seu pensamento                       95
Das amarguras terrestres!

Rasgando o horizonte plúmbeo
O sol te envia seus raios;
As nuvens formam-te saios
Quais ligeiras nebulosas!                    100
Miram-te as flores etéreas,
Cobrem-te espumas de neve,
Dão-te o pranto fresco e leve
Da noite as fadas formosas!

E quando envolvem-te as áscuas                    105
Queimando o chão rociado,
Funde-se o tirso gelado,
Caem profusos fragmentos!
Muda-se o quadro de súbito:
— Chovem cristais dos pilares,                    110
E nu se perde nos ares
O perfil dos monumentos!...

. . . . . . . . . . . . . . . . . . . . .

Vai meu canto ao mundo sôfrego
Que ante os prodígios se inclina,
Narrar a beleza alpina                            115
Das regiões em que trilhas;
Leva-lhe nas asas vélidas
Meu culto à serra gigante,
Pátrio ponto culminante,
Berço de mil maravilhas!...                       120

———

NOTAS

Epígrafe:
 Registro do engenheiro José Franklin Massena (1838-1877) que, entre o final da década de 1850 e meados da seguinte, realizou várias escaladas ao Pico das Agulhas Negras, no maciço de Itatiaia. Em 1867, ele dedicou ao imperador d. Pedro II o volume *Quadros da natureza tropical ou Ascenção científica ao Itatiaia, ponto mais culminante do Brasil*. É possível que Narcisa Amália, leitora voraz, tenha lido seu livro.

Glossário:

múrmura (verso 17): murmurante

liana (21): cipó

dédalo (21): caminho emaranhado, labirinto

grimpa (22): crista, cume

cimeira (23): ponto mais alto, copa de árvore

álveo (25): leito de rio

colear (26): serpentear

frágua (29): rocha íngreme, penhasco; por extensão, adversidades

cachão (30): borbotão, grande queda d'água

cerúlea (33): da cor do céu, celeste

treda (35): traiçoeira

coxim (36): almofada usada de assento

linfa (37): água límpida; na Roma antiga, deidade das águas

túmida (37): inchada, saliente

fralda (40): sopé

tálamo (41): receptáculo das plantas; em sentido figurado, leito

cevar-se (43): engrossar, encorpar

ebúrneo (45): feito de marfim; branco como o marfim

páramo (49): campo deserto e elevado; por extensão, o firmamento

ericínea (51): ericácea, arbusto da família dos rododendros e das azaleias

nopálea (53): nopal, planta polposa da família dos cactos

verbena (55): arbusto também conhecido como cidrão

anêmona (57): planta da família das ranunculáceas

ranunculoso (58): próprio do ranúnculo, um tipo de flor

*cirrus* (62): cirro, nuvem branca e de aparência sedosa que em geral consiste em diminutos cristais de gelo

vaga (63): onda

Térglu, Asse e Pésciora (65): montes europeus

coma (67): cabeleira; copa de árvore

cabeço (68): topo arredondado de um monte

ingente (83): muito grande; retumbante

às plantas (86): aos pés

ínvio (89): intransitável

enastrar (91): enfeitar com nastros, fitas

alpestre (92): próprio dos Alpes, dos lugares altos, das montanhas

portento (94): maravilha, prodígio

plúmbeo (97): cinzento, da cor do chumbo

saios (99): veste militar dos antigos romanos

áscua (105): brasa

rociado (106): orvalhado
tirso (107): na Grécia antiga, bastão enfeitado de hera e pâmpanos,
    usado para representar o deus Baco
prodígio (114): maravilha, portento
asas vélidas (117): asas com penugem; por extensão, nuvens

Comentário:

Como esclarece em nota a própria Narcisa Amália, o Itatiaia, onde se localiza o Pico das Agulhas Negras, era considerado então o ponto mais alto do Brasil (hoje se sabe que é o Pico da Neblina, no estado do Amazonas). *Itatiaia* é um topônimo indígena que significa "penhasco cheio de pontas" — as chamadas "agulhas negras", e o poema se refere a elas como "rochedos erráticos/ Na vastidão da iminência/ Belezas que a Providência/ Guarda a seus predestinados" (vv. 69-72) e também "Feixes de pedra em pilastras" (v. 90). Atraída poeticamente pelas alturas (basta pensar nas nebulosas que dão título ao volume), a poeta ensaia aqui como que uma ascensão a essa alta montanha. Para descrever o percurso, ela mobiliza conhecimentos de geografia e de hidrografia da região.

Particularmente bela é a atenção que dedica à vegetação rasteira, pois a partir de certo ponto, devido à altitude, "Nem mais um tronco viceja" (v. 50), ou seja, árvores de grande porte já não crescem. Então ela canta o que lhe chama a atenção: "A ericínea rasteja/ Sobre as fendas do granito:/ Tapeta o solo a nopálea,/ Verte eflúvios a açucena,/ E a legendária verbena/ Coroa o negro quartzito!" (vv. 51-6).

Além do sentido de louvor à jovem nação brasileira, há também um sentido pessoal no poema: é que, como acontece em outros momentos do livro, diante de grandezas sublimes, a poeta "Liberta seu pensamento/ Das amarguras terrestres" (vv. 95-6). Trata-se de um recurso recorrente na obra de Narcisa: a natureza como elevação e cura para as dores do mundo.

# VINTE E CINCO DE MARÇO

*Lave-se a nódoa infame que mareia*
*o refulgente nome do Brasil;*
*e, se o sangue somente lavar pode*
*essa mancha odienta e vergonhosa,*
*venha o sangue, por Deus, venha a revolta!*

Celso Magalhães

Na noite sepulcral dos tempos idos
Plácida avulta a merencória esfinge;
Esplêndido fanal que esclarecera
    A crente multidão!
Monumento do verbo grandioso            5
Deste povo titã, débil ainda...
Centelha sideral que fecundara
    A seiva da nação!

Lacerado o cendálio tenebroso
Que nos velava os livres horizontes,       10
Entoa o continente americano
    Um hino colossal;
Mais vívida no peito a fé rutila,
Mais nobres s'erguem dos heróis os bustos
Cingidos pela flama deslumbrante       15
    Da glória perenal.[2]

---

[2] As duas primeiras estrofes desta poesia aludem ao projeto de Constituição elaborado pelos membros da Constituinte em 1823, no qual todos os grandes princípios da liberdade eram solenemente reconhecidos. (Nota da Autora)

Mas tu projetas o negror no espaço
Que sobre nós desata-se em sudário!
Mas teu hálito extingue a luz benéfica
     Que acendera o Senhor!          20
Maldição! Maldição! A liberdade
Vê de lodo seu manto salpicado...
Do vulcão popular a ígnea lava
     Desmaia sem calor...


Raiaste como o símbolo nefasto        25
Do traidor Antíteo, mentindo ao orbe;
E os louros virgens da nação sorveste
     Como hidra voraz!
Roubaste ao povo a palma do triunfo,
Recompuseste a algema ao pó lançada,     30
E moldaste no bronze a estátua fria
     Da mentira loquaz!


Das espaldas robustas da montanha,
A pedra derrocada abate selvas;
A avalanche vacila lá nos Alpes...     35
     Convulsam terra e mar!
Resvalaste, padrão de cobardia,
Pelos áureos degraus do sólio augusto...
E a santa aspiração, e os sonhos grandes,
     Esmagaste ao tombar!...     40


Após a luz... o caos confuso, intérmino!
Após o hino festival de um povo...
O lúgubre silêncio do sepulcro
     Sem uma queixa, ou voz!
Lançaste a pátria em báratros profundos,     45
Ferida pela mão da tirania,
E apenas um lampejo de civismo
     Deixaste ao crime atroz!

. . . . . . . . . . . . . . . . . . . . . . . . . . .

Onde estavam, ó pátria, os teus Andradas
Que sustinham-te aos ombros gigantescos?                50
Onde o tríplice brado altipotente
    Do peito popular?
— Gemem sem luz em cárceres medonhos,
— Seguem do exílio a pavorosa senda
Rorando com seu pranto piedoso                          55
    De teu solo o altar!

Rasgai, rasgai a folha lutulenta,
— Emblema de mesquinho cativeiro;
Não vedes? Choram hoje em suas campas
    Os manes dos heróis!...                             60
Salvai a honra dos que em lar estranho
Por ti verteram lágrimas de sangue,
E resgatando a fé despedaçada,
    Vingai nossos avós!...

———

NOTAS

Epígrafe:
Trecho de um poema bastante extenso, "Os calhambolas", de Celso
Tertuliano da Cunha Magalhães (1849-1879), publicado no livro *Versos*
(1870). O termo "calhambola" (equivalente a "quilombola") foi bastante
empregado no século XIX, particularmente nas regiões Norte e Nordeste
do Brasil. Refere-se aos escravizados que fugiam e vagavam pelas áreas
rurais, mantendo-se em lugares de difícil acesso. A "nódoa infame", a
"mancha odienta e vergonhosa" é, sem dúvida, a existência de escraviza-
dos em nosso país.

Glossário:

merencória (verso 2): melancólica
fanal (3): farol
cendálio (9): cendal, véu fino e transparente
rutilar (13): brilhar, cintilar
sudário (18): mortalha
Antíteo (26): nome derivado do grego, "contrário a Deus"
orbe (26): nação
hidra (28): na mitologia grega, serpente monstruosa de sete cabeças
loquaz (32): eloquente
sólio (38): trono
báratro (45): abismo; na Grécia antiga, penhasco de onde eram arremessados os criminosos
lutulenta (57): coberta de lodo; ultrajante
campa (59): pedra que cobre a sepultura
manes (60): na antiga Roma, as almas dos ancestrais

Comentário:

Após a proclamação da Independência, em 7 de setembro de 1822, o Brasil precisava de uma nova Constituição, não mais submetida aos interesses de Portugal. Em 25 de março de 1823, d. Pedro I jurou que seria fiel à nova Carta. O projeto elaborado pela Assembleia Nacional Constituinte, formada por deputados de todas as províncias, de certo modo ampliava os direitos da população e dificultava o retorno a um modelo absolutista de governo. Ao final da segunda estrofe, Narcisa inclui uma nota autoral, mencionando explicitamente esse primeiro projeto de Constituição, "no qual todos os grandes princípios da liberdade eram solenemente reconhecidos".

D. Pedro I considerou o projeto uma afronta aos seus interesses e dissolveu a Assembleia Constituinte em 12 de novembro de 1823. Um ano depois, em 25 de março de 1824, ele impôs uma Constituição autoritária, que lhe dava amplos poderes, e pela qual só a elite econômica do país (e, dentro desta, só os homens) teria direito ao voto. Essa Constituição vigorou por 65 anos, sendo até hoje a mais longa da história do Brasil. Foi substituída pela Constituição de 1891, que estabeleceu um modelo de governo republicano e federativo.

Neste poema, Narcisa Amália se refere ao povo brasileiro como "titã, [mas] débil ainda..." (v. 6). E para o imperador Pedro I, que salpicou de "lodo [... o] manto" da liberdade (vv. 21-2), reserva palavras duras: "Roubaste ao povo a palma do triunfo,/ Recompuseste a algema ao pó lançada" (vv. 29-30). Na estrofe 6 o ataque continua vigoroso: "Lançaste a pátria em báratros profundos,/ Ferida pela mão da tirania" (vv. 45-6).

Após mencionar os três irmãos Andrada — José Bonifácio de Andrada e Silva, Antônio Carlos Ribeiro de Andrada Machado e Martim Francisco Ribeiro de Andrada, figuras de grande destaque na Constituinte de 1823, que foram presos e exilados (vv. 53-4) por ordem de Pedro I —, Narcisa conclui o poema em sintonia com a epígrafe de Celso Magalhães, que clama por revolta: "Salvai a honra dos que em lar estranho/ Por ti verteram lágrimas de sangue,/ E resgatando a fé despedaçada,/ Vingai nossos avós!..." (vv. 61-4).

# MANHÃ DE MAIO

A Brandina Maia

*A madrugada,*
*Recatada no véu de espessa bruma*
*Aparece, respira-se alegria!*

Teófilo Braga

Querida, a estrela d'alva ao mar s'inclina;
Solta a calhandra o canto da matina
Na coma ingente da giesta em flor!
A natureza é uma ode imensa:
Eleva-se de cada mouta densa           5
  Um hino ao Criador!

Deixemos a cidade: além, a veiga
Nos guarda a olência apaixonada e meiga
Dos corimbos que agita a viração.
Vês? Desponta uma rosa em cada galho,   10
E das rosas tremula o doce orvalho
  No rubro coração!

Pelas espáduas ásperas do monte,
— Gigante das legendas do horizonte,
Rola a espuma de luz e alaga o val;     15
Ao mole influxo de teu riso mago
Desperta o euro e frisa em doido afago
  Das linfas o cristal!

E o nenufar a estremecer de frio
Levanta a fronte cérula do rio                    20
Expondo ao raio a face de cetim;
As borboletas dançam como willis;
Esquece a louca abelha as amaryllis
          No seio do jasmim!

Da selva secular nas verdes naves                 25
Perdem-se ao longe os cânticos suaves
Dos voláteis salmistas do sertão;
Ouves? A queixa túrbida das matas
E o múrmur merencório das cascatas
          Reboam n'amplidão!...                   30

Rasgando a profundeza flutuante
Das nuvens a pilastra cintilante
Sustenta do infinito a concha azul;
E a concha do infinito é o quente ninho,
D'onde a estrela, doirado passarinho,             35
          Voara para o sul! —

Na terra — plena paz! plena harmonia!
Rolam cantos de amor, de poesia,
No val, na serra, na extensão do mar!...
No firmamento — fogos peregrinos,                 40
E a névoa a gotejar prantos divinos
          De Deus ao terno olhar!...

É a hora em que a prece da serrana
Vai fervente da plácida cabana
Às plantas expirar do Redentor!                   45
Em que a loira criança acorda rindo!
E corta o dorso do oceano infindo
          O pobre pescador!

E a fantasia arroja-se no espaço
Da caligem quebrando frio laço          50
Para ondular no pélago de anil!
E Deus desprende para ti, formosa,
A essência virginal da tuberosa,
    Que s'embala no hastil!

Em nosso seio brinca a primavera,          55
Em nossa fronte a lúcida quimera
Verte a flama voraz da inspiração;
Pois bem! que o vento leve à divindade
Do puro altar de nossa mocidade
    O incenso da oração!...          60

———

NOTAS

Dedicatória:
Amiga de infância de Narcisa Amália, Brandina Maia apresentou-se ao piano na homenagem à poeta realizada em Resende em 1873. A ela também está dedicado o poema "Fantasia" (pp. 235-6).

Epígrafe:
Versos da primeira estrofe do poema "A ilha de Chio", do livro *Visão dos tempos* (1864), do escritor português Joaquim Teófilo Fernandes Braga (1843-1924).

Glossário:
calhandra (verso 2): ave da família da cotovia
coma (3): cabeleira; copa de árvore
ingente (3): muito grande; retumbante
giesta (3): designação de vários tipos de arbusto
veiga (7): campo cultivado
olência (8): aroma

corimbo (9): tipo de florescência em que as flores, partindo de pontos
   diferentes da haste, se elevam todas ao mesmo nível
viração (9): brisa
val (15): vale
mago (16): encantador, sedutor
euro (17): vento que sopra do leste
linfa (18): água límpida; na Roma antiga, deidade das águas
nenufar (19): ou nenúfar, planta aquática da família das ninfeias; note-se
   que nos poemas de *Nebulosas* a tônica cai sempre na sílaba "fa"
cérula (20): cerúlea, celeste, da cor do céu
willis (22): na mitologia eslava, almas das noivas que morreram antes do
   casamento condenadas a dançar sem descanso
salmistas (27): aqueles que cantam salmos
túrbida (28): perturbadora
merencório (29): melancólico
serrana (43): camponesa
às plantas (45): aos pés
expirar (45): exalar
caligem (50): bruma, escuridão
pélago (51): alto-mar, abismo, imensidão
tuberosa (53): flor branca associada à pureza
hastil (54): haste, caule da flor

Comentário:
   Narcisa Amália tinha cerca de vinte anos quando publicou *Nebulosas*. Dedicado à amiga Brandina Maia, este poema é não só um canto de louvor à natureza, e à gente, que desperta numa "Manhã de maio", mas também à própria juventude.
   A estrofe 2 inicia com um convite ("Deixemos a cidade", v. 7), que recorda um dito do poeta latino Horácio (65-8 a.C.), *fugère urbem*, isto é, fugir da cidade, e que se tornou lema da poesia árcade: buscar na natureza refúgio para a agitação das cidades. O que se segue é um passeio por múltiplos espaços — campos ("a veiga"), monte, rio, selva, matas, cascatas, serra, mar, "oceano infindo" (v. 47) —, que termina com "a fantasia" arrojando-se "no espaço [...]/ Para ondular no pélago de anil" (vv. 49-51), isto é, no céu. A estrofe final, que principia com "Em nosso seio brinca a primavera" (v. 55), pode ser lida como um canto de louvor à própria mocidade, onde brilha a pureza e a "flama voraz da inspiração" (v. 57).
   O verso "A natureza é uma ode imensa" (v. 4) já foi comentado na Apresentação e sintetiza a relação da autora com o mundo natural.

# A RESENDE

*Eu te achei, meu bordão de romeiro,*
*Quando mal m'esperavas... talvez!*

Teixeira de Mello

Enfim te vejo, estrela da alvorada,
Perdida nas celagens do horizonte!
Enfim te vejo, vaporosa fada,
Dolente presa de um sonhar insonte!
Enfim, de meu peregrinar cansada,     5
Pouso em teu colo a suarenta fronte,
E, contemplando as pétreas cordilheiras,
Ouço o rugir de tuas cachoeiras!

Mal sabes que profundos dissabores
Passei longe de ti, éden de encantos!     10
Quanto acerbo sofrer, quantos agrores
Umedeci co'as bagas de meus prantos!
Sem um raio sequer de teus fulgores...
Sem ter a quem votar meus pobres cantos...
Ai! O Simum cruel da atroz saudade     15
Matou-me a rubra flor da mocidade!...

Vivi bem triste! O coração enfermo
Buscava embriagar-se de harmonias,
Porém via do céu no azul sem termo
Um presságio de novas agonias!...     20
O bulício do mundo era-me um ermo
Onde as lavas do amor chegavam frias...
Só uma melancólica miragem
Doirava-me a soidão — a tua imagem!

Caminhei, caminhei sem ter descanso          25
Ao som das epopeias das florestas;
Caminhei, caminhei e no remanso
Da tarde, ouvi do mar as vozes mestas;
Nas ribas descansei de um lago manso
P'ra gozar do talento as nobres festas,          30
E adormeci na esmeraldina alfombra
Da palmeira real à grata sombra!

Caminhei inda mais: com nobre empenho
Penetrei no sagrado santuário[3]
Onde o gênio — em delírio — arrasta o lenho          35
Do trabalho, em demanda de um Calvário!
Vi surgir sobre a tela, à luz do engenho,
E povoar o templo solitário
Da Carioca a lânguida figura,
De Nhaguaçu o feito de bravura!...          40

Inclinada nas longas penedias
Acompanhei o voo das gaivotas;
Meu nome arremessei às ventanias
Sem que sentisse sensações ignotas!
Da musa do piano as melodias,          45
De uma flauta canora as doces notas,
O gelo que sorvi num mago enleio,
Tudo gelado achou meu débil seio!...

---

[3] "... com nobre empenho/ Penetrei no sagrado santuário". Refiro-me nestes versos à oficina do nosso exímio pintor, o dr. Pedro Américo de Figueiredo e Mello. Ali passei agradavelmente algumas horas admirando os mais belos trabalhos do filósofo-artista. (Nota da Autora)

Mas após negridão de noite lenta,
Na curva do horizonte o sol resplende:     50
Após o horror de tétrica tormenta,
Gazil santelmo lá no céu se acende;
Após o latejar da dor cruenta
Vejo-te enfim, ó plácida Resende,
Debruçada no cimo da colina,     55
Sorrindo meiga à exausta peregrina!

Abre-me os braços, filha do Ocidente,
Quero beber teus mádidos luares!
Quero escutar o soluçar plangente
Do vento pelas franças dos palmares!     60
Não vês que no meu lábio há sede ardente?
Que calcinou-me a tez o sol dos mares?...
Ah! mostra ao passo meu tardio, incerto,
A sombra d'arequeira do deserto!

Que saudades que eu tinha das campinas,     65
Destes prados e veigas odorantes!
De teu tirso de cândidas neblinas
Recamado de auroras cambiantes!
Destas brandas aragens matutinas
Que doudejam com as ondas murmurantes,     70
De tudo, tudo quanto em ti resumes,
Formosa noiva dos estivos lumes! —

Na corola da flor de minha vida
Se aninha agora inspiração mais pura;
De meu rio natal a voz sentida     75
Desperta em mim um mundo de ternura!
Em minha triste fronte empalidecida
Mais uma estrofe límpida fulgura,
E no berço de tuas matas densas
Libo sedenta o orvalho de mil crenças!...     80

143

Ó filha de Tupã, que um véu de brumas
Estendes sobre o mísero precito;
Ó ave linda, que as mimosas plumas
Aqueces nos ardores do infinito;
Garça gentil, que surges das espumas
Como da mente do poeta o mito,
Enquanto a lua ondula pelo espaço
Abre a meu sono eterno o teu regaço!

85

---

### NOTAS

Epígrafe:
Versos do poema "Sonho de estio", de *Sombras e sonhos* (1858), livro do médico e escritor José Alexandre Teixeira de Mello (1833-1907).

Glossário:
celagem (verso 2): a cor do céu ao nascer e ao pôr do sol
dolente (4): queixoso
insonte (4): inocente
acerbo (11): azedo, atroz
baga (12): gota de orvalho ou suor
Simum (15): vento quente do meio-dia
bulício (21): agitação
soidão (24): solidão
mesta (28): triste
alfombra (31): relva, relvado
penedia (41): local com penedos (rochedos)
ignota (44): que não é conhecida ou notada
atalaia (45): local elevado de vigia ou observação
canora (46): melodiosa, suave
mago (47): encantador, sedutor
gazil (52): gracioso
santelmo (52): fogo de santelmo, luminosidade causada pela eletricidade
    atmosférica

mádido (58): úmido, embebido em líquido
frança (60): copa de árvore
arequeira (64): areca, espécie de palmeira
veiga (66): campo cultivado
tirso (67): na Grécia antiga, bastão enfeitado de hera e pâmpanos, usado
para representar o deus Baco
aragem (69): vento suave, brisa
estivo (72): estival, próprio do estio, no verão
vaga (78): onda
libar (80): beber
Tupã (81): divindade indígena que personifica o trovão
precito (82): réprobo, condenado

Comentário:
Considerada um núcleo de letrados no século XIX, a cidade de Resende, próxima à serra da Mantiqueira e ao leito do rio Paraíba, marcou profundamente tanto a formação cultural como a sensibilidade de Narcisa Amália, que lá residiu dos 11 aos 36 anos. Neste poema, Narcisa parece se apossar do "bordão de romeiro" (dos versos de Teixeira de Mello na epígrafe) e, depois de "peregrinar cansada" (v. 5), retorna à cidade querida ("Enfim te vejo, estrela da alvorada!", v. 1).

Como observado na Apresentação, duas estrofes, das onze que compõem o poema, são iniciadas com a ação de caminhar: "Caminhei, caminhei sem ter descanso" (v. 25) e "Caminhei inda mais: com nobre empenho" (v. 33). A reiteração do verbo "caminhar" chama a atenção para essa dimensão do "peregrinar" da poeta, que se desloca entre pelo menos duas cidades, Resende e Rio de Janeiro (vale lembrar que, por volta de 1870, o deslocamento entre as duas cidades podia durar até três ou quatro dias!).

A quinta estrofe traz uma nota da autora, esclarecendo que o verso "Penetrei no sagrado santuário" (v. 34) refere-se ao ateliê (a "oficina") de Pedro Américo (1843-1905), um dos mais célebres pintores brasileiros.

Quase ao fim do poema, depois de descrever as diferentes paragens por onde andou, a poeta se comove ante o rio Paraíba do Sul, que banha Resende e também São João da Barra, cidade onde ela nasceu. Nos últimos versos, a "exausta peregrina" (v. 56) dirige-se a uma idealizada Resende, pedindo acolhimento e tornando explícito seu desejo de ali morrer: "Garça gentil, que surges das espumas/ Como da mente do poeta o mito,/ Enquanto a lua ondula pelo espaço/ Abre a meu sono eterno o teu regaço!" (vv. 85-8).

# MIRAGEM

*Délivrez, frémissant de rage,*
*Votre pays de l'esclavage,*
*Votre mémoire du mépris!*

Victor Hugo

Senhor, o calmo oceano
Do verão nas quentes noites,
Se revolta sobranceiro
Da tempestade aos açoites!
Encrespa o dorso potente          5
Dilacerando fremente
As asas do vendaval;
Faz cintilar a ardentia,
E arroja à nuvem sombria
Diademas de cristal!          10

Envolta em flocos de neve
Se levanta a cordilheira;
Sonha um raio ardente, ígneo,
Que lhe doire a cabeleira!
Fita audaz o vasto espaço,          15
Despedaça o tíbio laço
Dos nevoeiros do sul;
Solta a coma de granito,
Vai devassar o infinito
Rasgando o cendal azul!          20

No espelho em que o sol se mira
A tarambola em delírios,
Corta co'as plumas de prata
Da espuma os nítidos lírios;
De sobre o escarcéu, ignota,                    25
Num voo imenso a gaivota
Sonda os páramos do ar;
E dos paços encantados
Surgem peixinhos doirados
Que saltam à frol do mar!                        30

Oh! tudo, tudo se expande
Às auras da liberdade!
A treva calcando às plantas,
Demandando a imensidade!
Do incenso a loura neblina...                    35
O som da voz argentina
Que canta idílios de amores...
Do Nuttal o pó ardente...
Da mata a cúp'la virente...
Do rio os tênues vapores!                         40

E sob o céu sempre belo
Da mais sedutora plaga,
Beija — o rei — da natureza
O ferro que o pulso esmaga?!
Qu'importa que os sáxeos montes                  45
— Atalaias de horizontes —
Clamem do ar n'amplidão:
"Levanta-te, ó povo bravo,
Quebra as algemas de escravo
Que aviltam-te o coração"?!...                    50

Rompem-se esforços insanos,
Esmaga o flagício lento;
Mas a verdade sublime
Não aclara o firmamento.
Descera a mortalha fria 55
Que do mais formoso dia
Enturvava o alvorecer,
E não transborda ruidoso
O vagalhão luminoso
Que o cetro deve sorver!? 60

Meu Deus, quando há de esta raça,
Que genuflexa rebrama,
Erguer-se de pé, ungida,
Das crenças livres na chama?
Quando há de o tufão bendito 65
Trazer, das turbas ao grito,
O verbo de Mirabeau?
E a luz da moderna idade
Ao crânio da mocidade
Os sonhos de Vergniaud?!... 70

Oh! dá que em breve eu contemple
Aos puros raios da glória
O feito altivo gravado
Nos fastos da pátria história!
Dá que deste sono amargo, 75
Deste pélago em letargo
Que nos envolve no pó,
Surja a vaga triunfante
Que anime no túmulo ovante
As cinzas de Badaró! 80

———

## NOTAS

Epígrafe:
Em tradução literal: "Libertai, tremendo de raiva,/ Vosso país da escravatura,/ Vossa memória do desprezo!". Versos de "A ceux qui dorment" (Aos que dormem), do livro *Les Châtiments* (As punições), publicado por Victor Hugo (1802-1885) em 1853. O francês Hugo foi um dos escritores mais influentes do século XIX, tendo inspirado Castro Alves e muitos outros. Em *Nebulosas*, ele está presente em três epígrafes e no poema final, "Os dois troféus".

Glossário:
ardentia (verso 8): cintilação que se vê, à noite, sobre as ondas do mar
ígneo (13): próprio do fogo
tíbio (16): tépido, morno
coma (18): cabeleira; copa de árvore
cendal (20): véu fino e transparente
tarambola (22): tipo de ave aquática
escarcéu (25): vagalhão, grande onda; por extensão, alvoroço
ignota (25): que não é conhecida ou notada
páramo (27): campo deserto e elevado; por extensão, o firmamento
à frol (30): à superfície
aura (32): aragem, brisa
argentina (36): argêntea, de prata
Nuttal (38): referência obscura, possível alusão a um deserto
virente (39): verdejante
plaga (42): região, país
sáxeo (45): pétreo
aviltar (50): ultrajar
flagício (52): tormento
sorver (60): aniquilar
genuflexa (62): ajoelhada
Mirabeau (67): o político Honoré Gabriel Riqueti, conde de Mirabeau (1749- 1791), inspirador da Revolução Francesa
Vergniaud (70): o político Pierre Vergniaud (1753-1793), um dos líderes da Revolução Francesa
fastos (74): luxo, pompa
pélago (76): alto-mar, abismo, imensidão
letargo (76): estado de prostração, abatimento

ovante (79): triunfante

Badaró (80): o jornalista ítalo-brasileiro Giovanni Líbero Badaró (1798-1830), que foi morto defendendo a liberdade de imprensa

Comentário:

Tal como os poemas "Sete de setembro", "Vinte e cinco de março", "Castro Alves", "O africano e o poeta" e outros, o pano de fundo de "Miragem" é a problematização de um país que, por manter viva a instituição do escravismo, afronta a dignidade humana.

O poema se desenvolve seguindo um argumento explicitado nas estrofes iniciais: se até mesmo os elementos da natureza ("o calmo oceano", na estrofe 1; a "cordilheira", na estrofe 2) podem se revoltar e aspirar à "liberdade" e à "imensidade" (estrofe 4), por que o povo não o faz?

Na estrofe 5, a própria natureza convoca à revolta: "'Levanta-te, ó povo bravo,/ Quebra as algemas de escravo/ Que aviltam-te o coração'" (vv. 48-50). Porém, nada acontece. A estrofe 6 responde: é que "a verdade sublime/ Não aclara o firmamento" (vv. 53-4). Portanto, o povo, "vagalhão luminoso" (v. 59) que deveria libertar os escravizados e derrubar a monarquia ("Que o cetro deve sorver", v. 60), "não transborda" (v. 58), isto é, não se revolta.

Na estrofe 7, a poeta reforça seu ímpeto libertário trazendo à cena outros ativistas da causa social, como Mirabeau (1749-1791), grande orador da Revolução Francesa: "Quando há de o tufão bendito/ Trazer, das turbas ao grito,/ O verbo de Mirabeau?" (vv. 65-7). Em seguida, menciona os sonhos de Pierre Vergniaud (1753-1793), advogado e político que teve papel de destaque na Revolução Francesa e na execução do rei Luís XVI, em 1793. Com essas figuras, Narcisa reafirmava a importância do processo revolucionário francês de 1789 como impulsionador dos princípios de Liberdade, Igualdade e Fraternidade. Ao fim do poema, ela evoca um vulto de nossa história, o médico e jornalista Líbero Badaró (1798-1830), assassinado em razão de seus ideais libertários. Tal como Victor Hugo e Castro Alves, Narcisa Amália acreditava no poder conscientizador e transformador da literatura, empregando a poesia também como uma poderosa arma de resistência e crítica social.

Nos planos temático, imagético e sonoro, podem ser feitas aproximações entre "Miragem" e um famoso poema de Castro Alves, "O navio negreiro", escrito em 1868 e publicado postumamente no livro *Os escravos* (1883). Como *Nebulosas* foi lançado em 1872, supõe-se que Narcisa tenha lido "O navio negreiro" na imprensa, possivelmente quando o poema foi estampado no *Jornal da Tarde*, do Rio de Janeiro, em 1870.

151

# LEMBRAS-TE?

A Adelaide Luz

*La nature semblait n'avoir q'une âme aimante.*
*La montaigne disait: Que la fleur est charmante!*
*Le moucheron disait: Que l'ocean est beau!*

Victor Hugo


Era à tardinha: a luz no monte debruçada
Nos enviava o — adeus — com tépido langor;
Brincava em nossas tranças a brisa embalsamada,
Tudo ante nós sorria, desde a gramínea à flor.

E tu me perguntaste com essa fala aérea,                    5
Tomando minha mão nas tuas mãos mimosas:
— "Por que cismando fitas a vastidão sidérea?
Por que contemplas muda as tênues nebulosas?"

Escuta: a terra sagra ao sol mil harmonias!
A fonte ondula trêmula a superfície azul;                   10
Vagam no espaço — errantes — celestes melodias,
E róseas nuvens cingem a amplidão do sul.

No ar brincam as sombras com seus fulgores pálidos,
As dríades desdobram as asas transparentes;
Esquece a magnólia do dia os raios cálidos,                 15
E os alvos nenufares se ocultam nas correntes.

Ao longe, o busto negro de imensa serrania
Campeia majestoso ao lânguido clarão...
Esvai-se lá nas selvas o som d'Ave-Maria...
E a trepadeira rubra alastra o mole chão.                   20

153

Argênteas cataratas rolando pelas fráguas
Sacodem catadupas de lindos diamantes;
Na face dos arroios, na candidez das águas,
Perfumam mariposas os corpos cambiantes.

Além soluça a rola um cântico saudoso...                           25
Entorna-se a poesia do firmamento a flux;
Gemem eólias harpas, e o manto luminoso
Do céu desvenda as loiras paletas que produz!

Não me perguntes mais com essa fala aérea
Por que muda contemplo as tênues nebulosas,               30
Por que cismando fito a vastidão sidérea,
Ó sílfide embalada em névoas vaporosas!

Vejo no lago azul, na flor, nos verdes montes,
O Ser que cria a brisa, e doira o arrebol;
Que impele a nuvem túmida por sobre os horizontes,      35
Que fazendo-nos de pó, vestiu de luz o sol!...

––––––––

NOTAS

Dedicatória:
Em nota autoral ao poema "Recordação" (p. 211 deste volume),
Narcisa esclarece que Adelaide Luz foi sua amiga e companheira de brin-
cadeiras infantis.

Epígrafe:
"A natureza parecia ter tão só uma alma amante./ A montanha di-
zia: Quão encantadora é a flor!/ O mosquito dizia: Quão belo é o ocea-
no!". Versos do poema "A Louis B", publicado no livro *Les Rayons et les
ombres* (Os raios e as sombras), de Victor Hugo, em 1840.

Glossário:

langor (verso 2): doçura, suavidade
embalsamada (3): perfumada
sidérea (7): etérea, celestial
dríade (14): na mitologia, divindade dos bosques
nenufar (16): ou nenúfar, planta aquática da família das ninfeias; note-se
que nos poemas de *Nebulosas* a tônica cai sempre na sílaba "fa"
campear (18): percorrer o campo; acampar
frágua (21): rocha íngreme, penhasco; por extensão, adversidades
catadupa (22): cachoeira, catarata
a flux (26): a jorros, em abundância
eólia (27): referente a Eólida, região histórica da Grécia antiga
sílfide (32): na mitologia germânica, gênio elementar do ar
arrebol (34): a cor avermelhada do céu ao amanhecer ou ao pôr do sol
túmida (35): inchada, saliente

Comentário:

Tal como acontece em "Confidência", Narcisa conversa aqui com uma amiga, a quem o poema é dedicado, e rememora um momento de idílio vivido por ambas, quando "Tudo ante nós sorria, desde a gramínea à flor" (v. 4).

O poema começa, habilmente, no pretérito imperfeito: "Era à tardinha" (v. 1). Porém os vv. 7-8 trazem para o presente uma pergunta que a amiga lhe fizera então: "— 'Por que cismando fitas a vastidão sidérea?/ Por que contemplas muda as tênues nebulosas?'". A partir daí, todos os verbos no poema serão conjugados no presente.

A pergunta é bela, e importante, porque traça uma linha de continuidade, um elo entre aquele momento no passado e o momento presente do livro *Nebulosas*, revelando a consistência das motivações poéticas de Narcisa Amália.

A resposta da poeta à amiga também é bela. Ela diz apenas "Escuta" (v. 9) — e passa a apontar para a natureza: a terra, a fonte, o espaço, as nuvens, as correntes, a trepadeira, as cataratas... Essa devoção à natureza culmina na estrofe final, na qual há, simultaneamente, uma afirmação da grandeza do cosmos e da nossa pequenez: "Vejo no lago azul, na flor, nos verdes montes,/ O Ser que cria a brisa, e doira o arrebol;/ Que impele a nuvem túmida por sobre os horizontes,/ Que fazendo-nos de pó, vestiu de luz o sol!..." (vv. 33-6).

# À LUA

*Tu és o cisne que em meus cantos canta;*
*Tu és a amante que em meus prantos chora!*

Teixeira de Mello

Contemplas-me, virgem pálida?
Mandas-me um riso? Não creio!
Não vejo a espuma fulgente
Da luz, num beijo fervente
Tingir-te a neve do seio!                               5

Por que de brandas carícias
Circundas a poetisa?
Não tens acaso nas flores
Mais feiticeiros amores?
Não tens o arpejo da brisa?                             10

Quando no leito sidéreo
Repousas a face linda,
Pareces alva criança
Que descuidosa descansa
No berço alvejante ainda.                               15

E se passas entre páramos
Nos braços de mil anjinhos;
Se vais banhar-te nos lagos
Do lírio aos langues afagos,
Saúdam-te os passarinhos!                               20

Ah! quebra a mudez intérmina
Meiga irmã dos pirilampos!
Não vives de poesia?
Por que percorres sombria
Do céu os lúcidos campos? 25

Estendo-te os braços trêmulos,
Vem desvendar-me o mistério;
Contar-me as latentes dores,
A causa dos teus palores,
Rainha do reino aéreo. 30

Depois... ao clarão esplêndido,
Seguindo-te os lentos passos,
Contar-te-ei meus pesares
Em frente à extensão dos mares,
Presa em teus délios laços. 35

Mas não tentes, em silêncio,
Sondar a chaga dorida!
É tarde, virgem, é tarde,
No meu seio apenas arde
Uma centelha de vida! 40

———

NOTAS

Epígrafe:
Versos do poema "À Lua", do livro *Sombras e sonhos* (1858), do médico e escritor José Alexandre Teixeira de Mello (1833-1907).

Glossário:

feiticeiro (verso 9): atraente, encantador
sidéreo (11): sideral
páramo (16): campo deserto e elevado; por extensão, o firmamento
langue (19): lânguido, abatido; por extensão, suave
lúcido (25): luminoso
palor (29): palidez, lividez
délio (35): referente à ilha de Delos, na Grécia, onde havia um famoso
    templo dedicado ao deus Apolo; por extensão, pode significar
    apolíneo
dorida (37): dolorida

Comentário:

Aqui a poeta se dirige "À Lua", fazendo perguntas ("Contemplas--me, virgem pálida?/ Mandas-me um riso?", vv. 1-2), e também respondendo ("Não creio!", v. 2). Certas passagens são de grande delicadeza, como a estrofe 5 ("Meiga irmã dos pirilampos!/ Não vives de poesia?/ Por que percorres sombria/ Do céu os lúcidos campos?", vv. 22-5), que parece encontrar ressonâncias num poema como "Lua adversa", de Cecília Meireles (1901-1964), escrito cerca de sete décadas depois.

Nas estrofes 6 e 7, a poeta propõe à lua uma troca de confidências, porém, na estrofe seguinte, ela própria, que tomara a iniciativa do diálogo, recua como que magoada e desiludida: "Mas não tentes, em silêncio,/ Sondar a chaga dorida!/ É tarde, virgem, é tarde,/ No meu seio apenas arde/ Uma centelha de vida!" (vv. 36-40).

# SETE DE SETEMBRO

*Ergueu-se a mão de Deus sobre o Ipiranga,*
*Quando o esteio aluiu do despotismo.*

Félix da Cunha

*En vain l'injuste violence*
*Au peuple qui le loue imposerait silence;*
*Son nom ne périra jamais.*
*Le jour annonce au jour sa gloire et sa puissance.*

Racine

Salve! dia feliz, data sublime
Que despertas o sacro amor da pátria
    Em nossos corações!
Salve! aurora redentora que eternizas
A era em que o Brasil entrara ovante 5
    No fórum das nações!

Aquém do oceano, entre coreias místicas,
Co'a imensa coma abandonada aos ventos
    Descansava a dormir,
O filho altivo das cabrálias cismas; 10
— Calmo como a Sibila que tateia
    Mistérios do porvir!

E os ósculos ardentes do pampeiro
Do gigante adormido os lassos membros
    Enchiam de vigor, 15
E os délios raios da saudosa lua
A soberba cabeça lhe adornavam
    D'estemas de fulgor.

Um dia... ai! despertou, vendo cortado
Pela infame cadeia dos cativos                    20
    O nobre pulso seu;
Estremecera em ânsias: lava ardente
Rugira incendiada pelas fibras
    Do novo Prometeu!...

E os mundos agitaram-se nos eixos;               25
E o mar convulso arremessou aos ares
    Cristais em turbilhões;
E a humanidade inteira ouviu tremendo
O brado heroico que rasgara o peito
    Do gênio das soidões!                  30

Após insano esforço, ergueu-se ingente
Calcando aos pés a algema espedaçada
    Da luta no estertor,
E o Amazonas foi dizer aos mares,
E os Andes se elevaram murmurando:               35
    "Eis-nos livres, Senhor!"

Tu foste meiga estrela que fulguras,
Apontando o caminho ao pegureiro
    Exposto ao vendaval;
Rosa orvalhada de divinas lágrimas,              40
Que o colo purpurino reclinaste
    No sólio de Cabral;

Liberdade gentil, visão dos anjos,
Clícia mimosa balouçada à sombra
    Pelo bafo de Deus,                     45
Tu foste, como sempre, a luz d'aliança
Que a santa chama n'alma aviventaste,
    Roubando-a aos escarcéus!...

Mas não se cinge a escravidão à algema:
A terra que sagrar vieste livre                    50
    Do futuro no altar,
Rasgado o seio por voraz abutre,
Vê-se ora entregue à escravidão dos erros,
    Sem forças, vacilar!

Ah! não te esqueças deste augusto dia!             55
Ampara o débil povo que se curva
    Ante um falso poder!
Desdobra tuas asas refulgentes
Sobre o leito funéreo em que repousa
    O mártir Xavier!                               60

E quando os filhos teus tendo por bússola
A crença livre que n'antiga idade
    Fundiu tantos grilhões,
Remontarem aos polos do futuro
Enchendo o vácuo de um presente inerte            65
    De indústria e aspirações;

Serás tu, liberdade sacrossanta
Que cingida de magos resplendores
    Nos ungirás de luz!
Serás tu, que voltada p'ra o infinito              70
Nos guiarás na senda fulgurante
    que à vitória conduz!...

Salve! dia feliz, data sublime,
Que despertas o sacro amor da pátria
    Em nossos corações!                            75
Salve! aurora redentora que eternizas
A era em que o Brasil entrara ovante
    No fórum das nações!...

NOTAS

Epígrafe I:
Versos do escritor e político brasileiro Félix Xavier da Cunha (1833-1865).

Epígrafe II:
"Em vão a violência injusta/ Imporia silêncio ao povo que o louva;/ O seu nome nunca perecerá./ O dia anuncia ao dia a sua glória e a sua força", versos de *Athalie* (1691), tragédia do poeta e dramaturgo francês Jean Racine (1639-1699).

Glossário:
ovante (verso 5): triunfante
coreia (7): antiga dança grega acompanhada de cantos
coma (8): cabeleira; copa de árvore
cabrália (10): cabralina, referente a Pedro Álvares Cabral
Sibila (11): na Grécia antiga, mulher que predizia o futuro
ósculo (13): no antigo cristianismo, beijo que simboliza a fraternidade
pampeiro (13): vento forte que sopra do sudoeste
lasso (14): fatigado, relaxado
délio (16): referente à ilha de Delos, na Grécia, onde havia um templo
       dedicado ao deus Apolo; por extensão, pode significar apolíneo
estema (18): coroa, grinalda
cadeia (20): corrente, grilhão
Prometeu (24): na mitologia grega, titã que deu o fogo aos homens
soidão (30): solidão
ingente (31): muito grande; retumbante
pegureiro (38): pessoa ou cão que guarda o gado
sólio (42): trono
clícia (44): girassol
aviventar (47): avivar
escarcéu (48): vagalhão, grande onda; por extensão, alvoroço
cingir-se (49): restringir-se
Xavier (60): Joaquim José da Silva Xavier (1746-1792), conhecido como
       Tiradentes, líder da Inconfidência Mineira
indústria (66): astúcia, habilidade
mago (68): encantador, sedutor

Comentário:

Entre os anos de 1870 e 1889, foi prática constante na imprensa a publicação de poemas celebrando a data cívica de 7 de setembro. Este poema foi escrito por Narcisa Amália em 1871 e publicado pela primeira vez (com algumas diferenças em relação à versão definitiva), em 3 de outubro do mesmo ano, no *Diário de Pernambuco*. Dois anos depois, para celebrar o dia da Independência, *A República* estampava em sua primeira página dois poemas intitulados "Sete de setembro", o de Narcisa Amália e o de Félix da Cunha, cujos versos lhe servem de epígrafe.

Finda a traumática guerra do Paraguai (1864-1870), que envolveu Brasil, Uruguai e Argentina em disputa geopolítica contra o Paraguai, tínhamos um país em crise e com grande endividamento. Acrescente-se a isso a campanha abolicionista em curso (com conquistas importantes como a Lei do Ventre Livre, em 1871) e a campanha republicana, que alimentava diariamente os periódicos com manifestos, artigos e muitos poemas, a maioria deles escritos por homens. A presença de versos criados por mulheres era rara; porém, Narcisa contribuiu com certa regularidade para periódicos que assumiram as causas abolicionista e republicana, como *A República* e *A Reforma*.

Em *Nebulosas*, Narcisa insere seu "Sete de setembro" entre dois poemas líricos, "À Lua" e "À Noite". A data desperta no coração da poeta "o sacro amor da pátria" (vv. 2 e 74), que comanda a saudação que se repete na primeira e na derradeira estrofe. A caracterização do Brasil anterior à Independência sugere que este seria um "gigante adormido" (v. 14), isto é, "adormecido" — imagem que semelha as que mais tarde fariam parte da letra do Hino Nacional, composta em 1909 por Osório Duque-Estrada (1870-1927): "Deitado eternamente em berço esplêndido" e "Gigante pela própria natureza".

A ruptura dos vínculos com Portugal ganha força e grandiosidade imagética na estrofe 6, com os versos "E o Amazonas foi dizer aos mares,/ E os Andes se elevaram murmurando: 'Eis-nos livres, Senhor!'" (vv. 34-6). Mas a liberdade trazida pelo dia 7 de setembro não basta para a poeta, pois, como diz a estrofe 9, a terra que deve ser livre no altar do futuro ("A terra que sagrar vieste livre/ Do futuro no altar", vv. 50-1) vê-se no presente com "o seio" rasgado "por voraz abutre" (v. 52), "entregue à escravidão dos erros" (v. 53).

Embora não o diga aqui de forma inteiramente explícita, dois são os "erros" da pátria que a poesia de Narcisa arduamente combate: a escravização dos africanos (note-se a menção ao termo "algema" e a reiteração da palavra "escravidão" nessa estrofe) e a monarquia. Esta é referida nos versos da estrofe 10: "Ampara o débil povo que se curva/ Ante um falso poder!" (vv. 56-7). E, em contraposição ao "falso poder" dos monarcas, ela evoca um herói insubmisso da história brasileira, Joaquim José da Silva Xavier (1746-1792), o Tiradentes, "O mártir Xavier!" (v. 60).

Narcisa Amália revela ter consciência histórica e política da estrutura frágil do país que desperta de sua condição de colônia para se tornar uma nação. A independência foi um processo complexo de lutas internas e externas, e envolve uma dimensão coletiva e temporal que ultrapassa em muito o gesto de d. Pedro I no Ipiranga. Em seu "Sete de setembro", Narcisa não se limita a escrever um poema de idealização do futuro. Assim como o "Vinte e cinco de março", trata-se de um poema de crítica, em que é contestado todo poder que não emana do povo.

# À NOITE

*Eu amo a noite solitária e muda*
*Quando no vasto céu fitando os olhos,*
*Além do escuro que lhe tinge a face*
*Alcanço deslumbrado*
*Milhões de sóis a divagar no espaço.*

Gonçalves Dias

Ó Noite, meiga irmã da poesia,
Ninfa em lânguidas cismas balouçada,
Abre-me o seio teu, pleno de encantos!
Oh! quero em ti fugir à dor famélica
Que me devora o coração sem vida                    5
E os seios de minh'alma dilacera!
Quero a fronte pendida alçar, envolta
Na fímbria imensa de teu manto tétrico!...

Debruça-se a nopálea enfraquecida
Se o cálix lhe bafeja o Norte adusto;              10
Desmaia a vaga azul na praia curva
Como um arco indiano, quando céleres
Do favônio indolente os leves beijos
Esfrolam da laguna a nívea opala;
Também meu coração se estorce e sangra             15
Do sofrimento entre as cruentas fráguas!

E tu, que as alvas pétalas requeimadas
Alentas com uma lágrima celeste;
Tu, que da espuma da amorosa ondina
Formas na concha a preciosa pérola;                20
Concede ao peito meu que a mágoa enluta
Inda um momento de serenos gozos...

Um riso que meus lábios ilumine,
Um só lampejo de fugaz delícia!

Ó fonte de ilusões, sobre teu colo                    25
Repousa exangue o desgraçado escravo;
Ao silêncio que espalhas sobre a terra
Implora o triste bardo a estrofe rútila,
Que se expande em torrentes de harmonia!
E o pobre, em áureos sonhos, transportado,            30
Contempla a messe que promete o estio
Aos filhos desditosos da miséria!

Quanto te amo, ó Noite! À mole queixa
Da brisa que adormeces na floresta
Confundo meus tristíssimos gemidos;                   35
À melodia das esferas pálidas
Que as orlas de teu véu sombrio bordam,
Concerto os trenos que o sofrer me inspira;
E a gota amarga que me sulca as faces
A um teu sorriso se converte em bálsamo!...           40

Quando na estrema do horizonte infindo
Do sol se apaga o derradeiro raio;
Quando lenta e tardia desenrolas
De teu manto real a tela plúmbea;
Quando vais rociar a lajem tosca                      45
Da fria sepultura com teus prantos,
O murmúrio dos mundos emudece
Ante tua grandeza melancólica!...

E se a filha gentil de teus amores
Cingida de palor no éter brilha;                      50
Se a poeira dos astros cintilantes
Do Senhor do universo esmalta o sólio;
Minh'alma desatando os térreos laços,

De vaga fantasia arrebatada,
Vai pelos raios de formosa estrela     55
Aninhar-se do elísio na flor cérula!...

Ó Noite, meiga irmã da poesia,
Ninfa em lânguidas cismas balouçada,
Abre-me o seio teu, pleno de encantos!
Desse regaço o divinal mistério     60
Faz-me esquecer a angústia cruciante
De passadas visões! E de meu seio,
Teu morno sopro nas geladas cinzas,
Anima a esp'rança de um futuro esplêndido!...

———

NOTAS

Epígrafe:
Trata-se dos cinco primeiros versos da estrofe inicial do poema "A noite", de Gonçalves Dias (1823-1864), publicado em *Segundos cantos* (1848).

Glossário:
fímbria (verso 8): a extremidade inferior de um manto
nopálea (9): nopal, planta polposa da família dos cactos
cálix (10): cálice
vaga (11): onda
adusto (10): abrasado, ressequido
favônio (13): zéfiro, vento brando
esfrolar (14): dedilhar, como a um instrumento
nívea (14): branca como a neve
estorcer-se (15): contorcer-se
frágua (16): rocha íngreme, penhasco; por extensão, adversidades
ondina (19): na mitologia germânica, ninfa das águas
rútila (28): rutilante, resplandecente

messe (31): safra, colheita
estio (31): verão
concertar (38): harmonizar
treno (38): canto lamentoso, elegia
estrema (41): linha divisória entre duas propriedades rurais
plúmbea (44): cinzenta, da cor do chumbo
rociar (45): umedecer
lajem (45): laje, pedra de superfície plana
palor (50): palidez, lividez
éter (50): o espaço celeste
sólio (52): trono
elísio (56): céu, paraíso
cérula (56): cerúlea, celeste, da cor do céu

Comentário:

No poema "À Lua" (pp. 157-8), a poeta chamou o satélite da Terra de "Meiga irmã dos pirilampos" (v. 22) — talvez porque a lua tenha fases luminosas e escuras, assim como os pirilampos, que também acendem e apagam suas luzes — e propôs uma troca de confidências mútuas.

Neste poema, ela se dirige à noite de modo quase idêntico, implorando para que lhe traga alento: "Ó Noite, meiga irmã da poesia/ [...]/ Abre-me o seio teu, pleno de encantos!" (vv. 1-3). O que a poeta deseja com essa invocação é transformar o sofrimento em cura e fruição, como fica claro na estrofe 3: "Concede ao peito meu que a mágoa enluta/ Inda um momento de serenos gozos..." (vv. 21-2). Ou nesta passagem da estrofe 5: "E a gota amarga que me sulca as faces/ A um teu sorriso se converte em bálsamo!..." (vv. 39-40).

Os três primeiros versos repetem-se na abertura da estrofe final. Nesta, a poeta parece sonhar com algo maior, pois já não fala apenas em deixar para trás o sofrimento, mas sim na "esp'rança de um futuro esplêndido!..." (v. 64).

# VEM!

*Venez: l'onde est si calme et le ciel est si pur!*

Victor Hugo

Lírio mimoso dos jardins cerúleos,
Plácido arcanjo de brilhantes vestes,
Vem, Sono, e com teu cetro fúlgido
    Fecha-me os olhos.

Não vês que as sombras se desdobram tétricas?     5
Que Eólo geme sem já ter um silvo?
Não vês que os gênios do oceano indômito
    Lânguidos choram?

Vem, que a fragrância dos junquilhos cândidos
Se casa ao múrmur da fugaz corrente;      10
Há na folhagem das sombrias árvores
    Túrbida queixa.

Se ao leito foges em que rola o cético
Turbando a noite co'a blasfêmia ímpia,
Tu vens da virgem deferir a súplica      15
    Tímida e pura!

E quando baixas, belo ser notívago,
Vertendo orvalhos, mitigando dores,
As magnólias que se alteiam pálidas
    Curvam-se n'haste.      20

O pobre escravo num langor benéfico
Recobra forças para a luta insana;
Lasso proscrito, todo o horror do exílio
    Mísero! — esquece.

A branca pomba, da doçura símbolo,               25
Oculta a fronte sob as níveas asas;
E o rei das feras nas cavernas líbicas,
    Flácido tomba!...

O cafre exausto sobre a areia tórrida
Busca a palmeira no Saara erguida;              30
E goza ao sopro de teu meigo hálito,
    Mágico encanto!

Oh! mais não tardes, vem ungir-me as pálpebras!
Meu ser embala num doirado sonho!
Rasga o véu denso que limita o vácuo,         35
    Mostra-me a pátria!...

------

### NOTAS

Epígrafe:
"Venham: a onda é tão calma e o céu é tão puro." Versos do poema "Moise sur le Nil" (Moisés sobre o Nilo), do escritor francês Victor Hugo (1802-1885), publicado no livro *Odes et ballades* (Odes e baladas), de 1828.

Glossário:
cerúleo (verso 1): celestial
Eólo (6): ou Éolo, o guardião dos ventos na mitologia grega
junquilho (9): tipo de planta ornamental

múrmur (10): ruído de água
túrbida (12): perturbadora
turbar (14): turvar, escurecer, perturbar
ímpia (14): que não tem fé
lasso (23): fatigado
proscrito (23): banido, desterrado
nívea (26): branca como a neve
líbica (27): referente à Líbia, região histórica do norte da África
cafre (29): habitante da região conhecida como Cafraria, no sul da
África

Comentário:

Depois de um poema intitulado "À Noite", Narcisa Amália apresenta um poema que já nas suas primeiras linhas invoca o sono: "Vem, Sono, e com teu cetro fúlgido/ Fecha-me os olhos" (vv. 3-4). Tal como a noite, o papel desse "belo ser notívago" (v. 17) é mitigar as "dores" (v. 18). Além da própria poeta, vários seres se beneficiam do "mágico encanto" (v. 32) propiciado pelo sono, entre eles "O pobre escravo [que] num langor benéfico/ Recobra forças para a luta insana" (vv. 21-2).

A estrofe final do poema permite mais de uma interpretação: "Oh! mais não tardes, vem ungir-me as pálpebras!/ Meu ser embala num doirado sonho!/ Rasga o véu denso que limita o vácuo,/ Mostra-me a pátria!..." (vv. 33-6). A que "pátria" a poeta se refere na derradeira palavra do poema? Como o Romantismo deu ao mundo dos sonhos peso equivalente, ou até superior, ao que nos acostumamos a chamar de "realidade", podemos entender que a palavra se refere à "pátria" dos sonhos como a verdadeira pátria dos poetas. Nesse sentido, Narcisa seria mesmo uma habitante das "nebulosas"!

No entanto, sabemos bem o quanto o termo "pátria" é caro a essa escritora. Vários poemas do livro o demonstram. Já vimos como em "Invocação" (pp. 111-2), por exemplo, ela se sente não reconhecida por seu país, e podemos dizer que seu ímpeto libertário e revolucionário está ligado ao desejo de transformação dessa condição. Nesse sentido, a palavra "pátria" pode ter aqui um duplo valor: ela designa a pátria dos sonhos inspirados dos poetas (suas "nebulosas"), mas também o país que Narcisa aspira ver o Brasil se tornar.

# PESADELO

A meu pai, o sr. Jácome de Campos

I

> A toi ce dur métier,
> D'empêcher que le droit ne meure tout entier;
> A toi, vers fossoyeur, de déterrer les ombres,
> De secouer des morts le Spectre gémissant,
> De mettre au front du crime une marque de sang!
>
> Jean Larocque

Quando nas horas mortas da noite que se esvai
Me empalidece a face e a fronte me descai,
Eu dessa vastidão sem fim do mar do mundo
Colho as raras pérolas que dormem lá no fundo;
E vejo a luz mostrar-se a custo, fugitiva,                    5
Por entre densas trevas a cintilar cativa.

Da velha idade ao sol... Na Grécia florescente
Caindo o persa audaz, não vê a lava ardente
Que lavra desses peitos nos férvidos vulcões!
Da pátria a queixa rasga os gregos corações:                 10
Levanta-se Milcíades e nas guerreiras lides
Abraça o gênio másculo do íntegro Aristides!

Além folgava Roma em seus festins ruidosos
— Berço da ímpia Túlia e régios criminosos, —
E a sanha do Soberbo — rugia sob os véus                     15
De fúlgidos zimbórios e lindos coruchéus:
Mas a honra de Lucrécia, por um príncipe ultrajada,
No sangue dos senhores por Bruto foi vingada.

Nessas montanhas ínvias, nos alcantis virentes,
Na limpidez dos lagos de ondulações trementes;          20
No seio desse ninho formado de mil flores,
Onde cantam idílios os tímidos pastores,
Eu vejo fulminadas as águias poderosas
Que de Tell desafiaram as iras belicosas.

No caos da confusão arquejam parlamentos;              25
Trêmulo de ardor, reúne esparsos regimentos
E à frente das falanges intrépidas, luzidas,
Vingança! — brada Cromwell às raças oprimidas.
Com rapidez terrível o gládio soberano
Atira ao pó a fronte do plácido tirano!                 30

E vejo um lidador com santo entusiasmo
Tentar roubar a Itália a seu servil marasmo;
Reatear a chama — a chama amortecida
Na mesa do banquete, na morbidez da vida!...
Mas, ai! de um fero papa, ao mando assassinado,        35
Rienzi o invencível caiu sacrificado!

E lá quando a Polônia nas garras de seus erros
S'estorce, enchendo em vão de lágrimas os cerros,
Encélado sublime, em frente às invasões,
Destaca-se Kosciuszko erguendo as multidões!...        40
Escrita estava a sorte: devasta a Prússia a plaga
E o esforço sobre-humano a Rússia fria esmaga.

A filha de Albion ativa repousava
Aquém do vasto mar, ante a mãe pátria — escrava;
Quebra o patriotismo o leito em que dormia,            45
Ergue-se o povo herói e a luta acaricia:
Silvando voam balas, o eco acorda os montes,
Livre surge a nação enchendo os horizontes!...

# II

*Ton souffle du chaos faisait sortir les lois;*
*Ton image insultant aux dépouilles des rois.*
*Et, debout sur l'airain de leurs foudres guerrières,*
*Entretenait le ciel du bruit de tes exploits.*

Casimir Delavigne

Salve! oh! salve Oitenta-e-Nove
Que os obstáculos remove!                    50
Em que o heroísmo envolve
O horror da maldição!
Rolam frontes laureadas,
Tombam testas coroadas
Pelo povo condenadas                         55
Ao grito — revolução!

Caem velhos privilégios
D'envolta co'os sacrilégios;
São troféus — os cetros régios,
Mitra, burel e brasão!                        60
E os três esquivos estados
Fundem-se em laços sagrados,
Que prendem os libertados
Aos pés da revolução!

No pedestal da igualdade                      65
Firma o povo a liberdade,
Um canto à fraternidade
Entoa a voz da nação,
Que em delírio violento
Fita altiva o firmamento                      70
E adora por um momento
A deusa — Revolução!...

Os ódios secam o pranto,
A ira tem mago encanto,
E a morte sacode o manto                    75
Lançando crânios no chão!
Aqui — são longos gemidos
Desses que tombam feridos;
Ouve-se além — os rugidos
Da fera — revolução.                        80

Treme a humana potestade
Ante tanta mortandade!
Proclama que a sociedade
Agoniza em convulsão!
Erguem-se estranhas fileiras               85
Vão devassar as fronteiras,
Bradando às hostes guerreiras:
— Abaixo a revolução!

O nobre povo oprimido
Supõem fraco e vencido;                      90
Medem-lhe o sangue espargido
Nas vascas da confusão.
Não sabem que é mais veemente
Dos livres o grito ingente
Quando reboa fremente                        95
À luz da revolução!

Levanta-se hirta a falange
E a louca marcha constrange;
Rindo-se aguça o alfanje
Tendo por guia a razão!                     100
Ao sibilar da metralha
O obus gemendo estraçalha,
E o vasto campo amortalha
Quem fere a revolução!

Cobre a bandeira sagrada 105
A multidão lacerada,
E da França ensanguentada
Assoma Napoleão;
Surge da borda do abismo
O gênio do cristianismo, 110
E dos mártires o civismo
Confirma a revolução.

## III

> *Que palmas de valor não murcha a grande história!*
> *O povo esquece um dia os ínclitos varões...*

Pedro Luiz

Contempla, minha pátria, sobranceira,
Dessas hostes os louros refulgentes;
E procurando a glória em teus altares 115
Entretece uma c'roa a Tiradentes.

Viste marchar ao exílio acorrentados
Quais feras que teu seio rejeitava,
Os mais que desprender-te o pulso tentam,
E dormiste sorrindo — sempre escrava!... 120

E quando retumbou no espaço um brado
Tentando sacudir-te a negra coma,
Curvaste-te ao flagício fratricida
E deste ao cadafalso o — Padre Roma!

E não contente, após a exímia aurora 125
De tua amesquinhada independência,
Mais vítimas votaste em holocausto
Sufocando outra nobre inconfidência.

179

Não bastavam, porém, tantos horrores
Que enegrecem as brumas do passado;                130
Foi preciso que às mãos de um assassino
Caísse o grande herói — Nunes Machado!

Foi preciso que em nome da justiça
De prisão em prisão vagando esquivo,
Acabasse afinal sem glória e nome,                135
Em martírio latente — Pedro Ivo!...

Mas se um dia o porvir abrir-te o livro
Que o presente te oculta temeroso;
Se com a vista medires a estacada
Em que o falso poder se ostenta umbroso;                140

Então, ó minha pátria, num lampejo
Os erros surgirão da majestade;
E arrojarás ao pó cetros e tronos
Bradando ao mundo inteiro — liberdade!

———

NOTAS

Dedicatória:
Joaquim Jácome de Oliveira Campos Filho (1830-1878), pai de Narcisa, foi um professor, poeta e jornalista nascido em Campos dos Goytacazes, RJ, que se radicou em Resende com a família em 1863.

Epígrafe I:
"A ti, esse duro ofício/ De impedir que o direito não morra por completo;/ A ti, verme coveiro, desenterrar as sombras,/ Sacudir o Espectro gemebundo dos mortos,/ Distinguir a fronte do crime com uma marca de sangue!", versos do escritor francês Jean Larocque (1836-1890).

180

Epígrafe II:
"Teu sopro fez do caos surgirem as leis;/ Tua imagem insultava os despojos mortais dos reis,/ E, postado sobre o bronze de seus trovões guerreiros,/ Sustentavas o céu com o rumor de teus feitos", versos do poema "À Napoléon" (A Napoleão), do escritor e dramaturgo francês Casimir Delavigne (1793-1843).

Epígrafe III:
Versos do poema "A sombra de Tiradentes" (1866), do escritor e ministro do império Pedro Luiz Pereira de Sousa (1839-1884). A estrofe completa diz: "Que palmas de valor não murcha a grande história!/ O povo esquece um dia os ínclitos varões;/ Mas do famoso herói granítica memória/ Terá sempre a seus pés do mundo as gerações...".

Glossário:
lavrar (verso 9): propagar-se
Milcíades (11): general grego que combateu os persas no século VI a.C.
lide (11): combate
Aristides (12): general grego que combateu os persas no século VI a.c.
ímpia (14): que não tem fé
Túlia e Soberbo (14 e 15): referência a Tarquínio, o Soberbo (535-496
    a.c.), que, junto com sua esposa Túlia, filha do rei de Roma,
    organizou um complô para matar o sogro e ascender ao trono
zimbório (16): domo
coruchéu (16): torre pontiaguda que coroa uma construção
Lucrécia (17): nobre romana que foi violada pelo filho de Tarquínio, o
    Soberbo; a violação e o posterior suicídio de Lucrécia foram o
    estopim da rebelião que pôs fim à monarquia em Roma
Bruto (18): Lúcio Juno Bruto, líder da rebelião que instituiu a República
    Romana
ínvia (19): intransitável
alcantil (19): despenhadeiro
virente (19): verdejante
Tell (24): Wilhelm Tell, herói suíço que, no século XIV, teria desafiado o
    poder do Sacro Império Romano-Germânico, cujo símbolo era a
    águia de duas cabeças
falange (27): tropa
Cromwell (28): o político inglês Oliver Cromwell (1599-1658), que
    lutou contra a monarquia na Inglaterra
gládio (29): espada

lidador (31): combatente

fero (35): feroz

Rienzi (36): o líder político Cola di Rienzo (1313-1354), que lutou pela abolição do poder papal e a unificação da Itália

estorcer-se (38): contorcer-se

cerro (38): colina pedregosa

Encélado (39): na mitologia grega, gigante filho de Gaia

Kosciuszko (40): o líder político Tadeusz Kosciuszko (1746-1817), que lutou pela libertação da Polônia-Lituânia do julgo do Império Russo

Albion (43): antiga denominação da Inglaterra; sua filha, metaforicamente, são os Estados Unidos da América, que declarou independência em 1776

acariciar (46): alentar, nutrir

mitra (60): chapéu pontudo usado por bispos e cardeais

burel (60): traje de tecido grosseiro usado por frades

mago (74): encantador, sedutor

potestade (81): potência, autoridade

vasca (92): forte agitação

ingente (94): muito grande; retumbante

alfanje (99): sabre oriental de lâmina curva

obus (102): peça de artilharia semelhante ao morteiro

coma (122): cabeleira

flagício (123): tormento

Padre Roma (124): epíteto de José Inácio Ribeiro de Abreu e Lima (1768-1818), um dos líderes da Revolução Pernambucana

votar (127): consagrar, oferecer como voto

holocausto (127): expiação, sacrifício

Nunes Machado (132): Joaquim Nunes Machado (1809-1849), líder da Revolução Praieira

Pedro Ivo (136): Pedro Ivo Veloso da Silveira (1811-1852), líder da Revolução Praieira

estacada (139): local destinado à defesa militar

umbroso (140): sombrio

Comentário:

É significativo que após um poema de invocação ao sono surja um poema intitulado "Pesadelo". Seguindo a pista dos versos de Larocque na primeira epígrafe, pode-se pensar que o poema considera toda a História como um pesadelo. A estrofe de abertura desenha o quadro em que se produz a reflexão da poeta: "nas horas mortas da noite" (v. 1), envolta pela "vastidão sem fim do mar do mundo" (v. 3), a poeta recolhe "as raras pérolas" (v. 4), isto é, os momentos de luz que cintilam "a custo" (v. 5) na grande escuridão da História humana.

Assim, as estrofes de 2 a 8 elencam o que a poeta considera momentos luminosos, de insurreição e liberdade, na Grécia (estrofe 2), em Roma (3), na Inglaterra (5), Itália (6), Polônia (7) e nos Estados Unidos (8).

Toda a segunda parte consiste em um inflamado canto de louvor à Revolução Francesa de 1789, que pôs fim à monarquia absolutista naquele país. E principia: "Salve! oh! salve Oitenta-e-Nove/ Que os obstáculos remove!" (vv. 49-50). Como já comentado na Apresentação (pp. 22-5), o poema acompanha estrofe a estrofe as etapas da Revolução, concluindo cada uma delas com a palavra "revolução". Nos versos finais, Narcisa Amália reúne numa mesma estrofe o povo que lutou pela liberdade ("a multidão lacerada", v. 106), Napoleão I (v. 108), que assumiu o poder em 1799, o "cristianismo" (v. 110) e o "civismo" dos "mártires" (v. 111) da Revolução.

A terceira parte do poema, que principia com o verso "Contempla, minha pátria, sobranceira" (v. 113), se dedica a celebrar aqueles que lutaram pela liberdade em nosso país: na estrofe 1, Tiradentes; na 3, José Inácio Ribeiro de Abreu e Lima, conhecido como Padre Roma, um dos líderes da Revolução Pernambucana de 1817; nas estrofes 5 e 6, Joaquim Nunes Machado e Pedro Ivo, ambos líderes da Insurreição Praieira, revolta popular que eclodiu na província de Pernambuco entre 1848 e 1850.

Os versos das duas estrofes finais, endereçados "à pátria", têm, talvez, as imagens mais belas do poema. Se o futuro um dia vier a revelar "o livro/ Que o presente te oculta temeroso" (vv. 137-8), diz Narcisa, "Então, ó minha pátria, num lampejo/ Os erros surgirão da majestade;/ E arrojarás ao pó cetros e tronos/ Bradando ao mundo inteiro — liberdade!" (vv. 141-4).

# TERCEIRA PARTE

À
sua dedicada amiga
a exma. sra.
d. Maria Amélia d'Ivahy Barcellos

O. D. C.

A autora

## NOTA

Dedicatória:
D. Maria Amélia D'Ivahy Barcellos (?-1876) era filha de Antônio Rodrigues de Azevedo, Barão de Ivahy, fazendeiro e político de Itaguaí, no litoral do Rio de Janeiro. A fórmula O. D. C., pouco conhecida hoje em dia, mas bastante utilizada no século XIX, resume as palavras "Oferece, dedica, consagra".

# CASTRO ALVES

*O livro do destino se entreabre*
*Deixando ver nas páginas douradas*
*O seu nome fulgente, glorioso,*
*Que as turbas admiram assombradas!*

Joanna Tiburtina

*Deus quis ouvi-lo,*
*Deu-lhe um poema no céu — a Eternidade!*

Costa Carvalho

Por que convulsa e geme o pátrio solo
Dos montes despertando os ecos lúgubres?
Por que emudece o férvido oceano
E à terra, erma da luz, chorando atira
Mil turbilhões de lágrimas amargas?                    5
Por que de sombras tétricas se vela
O firmamento azul? Que mágoa imensa
Enluta os corações e arranca o pranto?!...

É que o sono final cerrara os olhos
De um filho das soidões americanas!                   10

O sol que aviventara a chama augusta
No peito dos titãs do — Dois de Julho —
Iluminara o berço vaporoso
Do pálido cantor da liberdade!
As dulcinosas brisas lá do norte,                     15
Ao ensaiar dos passos vacilantes,
Traziam-lhe os queixumes, despertando
Um mundo de harmonias em su'alma!

E a dileta criança estremecia
Sentindo em si a seiva do futuro.                     20

Mais tarde a fronte nobre, cismadora,
Volvia ao céu para escutar-lhe os votos
E muda, à terra, revolvia pávida
Como o profeta que a missão sublime
Das mãos de Deus recebe; desmaiava          25
Como desmaia a flor da magnólia
Aos ardores do estio. E radiosa
A pátria contemplou-o embevecida!

Já não era a criança temerosa
Do confuso murmúrio das florestas;          30

Era o poeta cuja lira d'oiro
Erguia do sepulcro o vulto ingente
Do apóstolo — Pedro Ivo; cujos trenos
Derramavam lampejos fulgurantes
De um róseo amanhecer: ora risonhos          35
Como as límpidas pérolas que entorna
A rórida alvorada, ora profundos
Como os cavos rugidos do Oceano!...

Estranha confusão de riso e pranto,
De luz e sombra, mocidade e morte!          40

Depois, cisne de amor, deixou os lares
Demandando as campinas rociadas,
Onde ecoara o brado altipotente
De Independência ou Morte. Ali desdenha
As três irmãs que lhe apontavam gélidas          45
O porvir do poeta; vê o gênio
A marchar, a marchar no itinerário
Sem termo do existir, morto de inveja!

"E o mísero de glória em glória corre
Buscando a sombra de uns frondosos álamos.          50

"E queria viver, beber perfumes
Na flor silvestre que embalsama o éter;
Ver su'alma adejar pelo infinito
Qual branca vela n'amplidão dos mares;
Sentia a voraz febre do talento,                          55
Entrevia um esplêndido futuro
Entre as bênçãos do povo; tinha n'alma
De amor ardente um universo inteiro!

"Mas uma voz lhe respondeu sombria:
— Terás o sono sob a lajem tosca!"                        60

E nessas regiões sempre formosas
Onde acenava-lhe o fanal da ciência,
O louco sonhador dos Três Amores
Colheu o fatal germe destrutível
Que minou-lhe a existência; quebrantado                   65
Volveu às plagas que deixara outrora
Por pressentir, como única esperança,
Um túmulo entre os seus, no pátrio ninho.

E as almejadas palmas do triunfo
Converteram-se em lousa mortuária!                        70

Mas... não morreste, não, condor brasíleo,
Que nunca morrerão teus puros versos!
Não, não morreste, que não morrem Goethes,
Não morrem Dantes, Lamartines, Tassos,
Garretts, Camões, Gonçalves Dias, Miltons,               75
Azevedos e Abreus. Teus belos cantos
Cortarão as caligens das idades
Como de Homero os divinais poemas!

E lá da eternidade onde repousas
Acolhe o canto meu que o pranto orvalha!...              80

NOTAS

Epígrafe I
Pernambucana, Joanna Tiburtina da Silva Lins (1840-1905) foi professora primária em Nossa Senhora do Ó, em Ipojuca, Pernambuco, e em 1870 publicou o livro de poemas *Meus sonhos*.

Epígrafe II
Versos da estrofe final de poema de F. da Costa Carvalho, recitado em sessão fúnebre da sociedade literária Ensaio Philosophico Paulistano, realizada em 23 de maio de 1852, em São Paulo, cerca de um mês após a morte do poeta Álvares de Azevedo. Reproduzido em *Obras de M. A. Álvares de Azevedo*, tomo terceiro, Rio de Janeiro, 1862.

Glossário:
erma (verso 4): abandonada
soidão (10): solidão
dulcinosa (15): doce, agradável
pávida (23): dominada pelo pavor
estio (27): verão
ingente (32): muito grande; retumbante
Pedro Ivo (33): Pedro Ivo Veloso da Silveira (1811-1852), líder da
    Revolução Praieira
treno (33): canto lamentoso, elegia
rórida (37): rociada, umedecida pelo orvalho
cavo (38): rouco
rociada (42): orvalhada, umedecida
embalsamar (52): perfumar
éter (52): o espaço celeste
adejar (53): circular, pairar
lajem (60): laje, pedra de superfície plana
fanal (62): farol
plaga (66): região, país
palmas do triunfo (69): no catolicismo, a folha da palmeira é símbolo de
    triunfo sobre a morte
lousa (70): pedra que cobre a sepultura
caligem (77): bruma, escuridão

Comentário:

Castro Alves é certamente o poeta brasileiro com o qual Narcisa Amália mais se identificou. Por este poema podemos avaliar o impacto que lhe causou a morte do poeta baiano, em julho de 1871, quando contava apenas 24 anos.

O poema é composto por oitenta versos, intercalando oito estrofes (de oito versos cada) e oito dísticos — isto é, estrofes de dois versos. A estrofe inicial, formada inteiramente por interrogações, expressa bem o *pathos* emocional provocado pela morte do poeta: "Que mágoa imensa/ Enluta os corações e arranca o pranto?!..." (vv. 7-8). E o primeiro dístico a responde, saudando-o não somente como filho do Brasil, mas de toda a América: "É que o sono final cerrara os olhos/ De um filho das soidões americanas!" (vv. 9-10).

A partir daí o poema aborda, estrofe a estrofe, diferentes fases de sua vida. Os vv. 11-20 tratam da infância: "Ao ensaiar dos passos vacilantes" (v. 16) e o "mundo de harmonias" (v. 18) que se formava na alma dessa "dileta criança" (v. 20). A estrofe 5 (vv. 21-28) confirma a sua vocação, apresentando-o aqui como "profeta" que "a missão sublime/ Das mãos de Deus recebe" (vv. 24-5).

Os vv. 31-8 já apresentam o poeta em plena posse de seu talento, cujos "trenos" (cantos) "Derramavam lampejos fulgurantes/ De um róseo amanhecer" (vv. 33-5). As estrofes seguintes continuam a acompanhar sua vida, aludindo, inclusive, à sua passagem por São Paulo ("Demandando as campinas rociadas,/ Onde ecoara o brado altipotente/ De Independência ou Morte" (vv. 42-4).

Nos versos 51 a 58, numa prova de extrema identificação com o poeta baiano, Narcisa — com ligeiros deslocamentos — faz seus os versos do poema "Mocidade e morte", de Castro Alves, mudando-lhes, por exemplo, uma palavra no v. 52 (usa "éter" no lugar de "ares"). Na próxima estrofe, faz referência ao poema de Alves "Três amores" (v. 63) e, no verso seguinte, menciona o "germe" fatal que "minou-lhe a existência" (vv. 64-5), numa alusão à tuberculose que foi a causa de sua morte.

O poema se encerra prometendo a Castro Alves a imortalidade de seus versos, colocando-o ao lado de Homero, Dante, Camões, Tasso, Goethe, Milton (e outros) e da trinca dos românticos brasileiros: Gonçalves Dias, Álvares de Azevedo e Casimiro de Abreu. O dístico final conclui a comovida homenagem: "E lá da eternidade onde repousas/ Acolhe o canto meu que o pranto orvalha!..." (vv. 79-80).

# A A. CARLOS GOMES

(No álbum do maestro)

*N'harpa estalada ao dedilhar primeiro*
*Não acho um canto para erguer-te ao mundo!*
*Não acho uma asa para erguer-me a ti!*

Teixeira de Mello

Nas ondas de aplausos que rolam-te às plantas
    Mil anjos a flux,
Derramam-te n'alma delícias bem santas!
Circundam-te a fronte que altiva levantas
    Corimbos de luz!           5

A glória envolveu-te na faixa fulgente,
    De puro esplendor;
No seio aqueceu-te, mostrou-te contente
A senda bordada de louro virente,
    De prantos sem dor.         10

O gênio brilhou-te na testa inspirada
    Com vivos clarões;
A pátria escutou-te sorrindo enlevada;
A fama cantando na tuba doirada,
    Levou-te às nações!         15

E em meio de chuvas de louros, de rosas,
    Surgiu — Guarani. —
E o céu recamado de auroras formosas,
As auras, as flores, as nuvens mimosas
    Sorriram-se aqui.         20

Avante! E se longe da pátria encontrares
    Mimoso louvor;
Descantem teus lábios à luz dos luares,
Saudades das filhas dos pátrios palmares,
    Dos anjos de amor!       25

---

NOTAS

Rubrica:
A prática de possuir ou ofertar álbuns com dedicatórias e poemas — bastante comum no século XIX — reflete uma das formas de intercâmbio social e cultural da época. Por meio dela, músicos, poetas, pintores, ou seja, personalidades do mundo artístico de modo geral, mas não só, mantinham relações de aliança as quais faziam questão de tornarem públicas. O fato de Narcisa Amália ter uma página manuscrita com este poema no álbum oferecido ao compositor Carlos Gomes é prova da rede de importantes conexões culturais na qual a jovem autora de *Nebulosas* estava inserida.

Epígrafe:
Versos do médico e escritor José Alexandre Teixeira de Mello (1833-1907), já presente nas epígrafes de "A Resende" e "À Lua".

Glossário:
às plantas (verso 1): aos pés
a flux (2): a jorros, em abundância
corimbo (5): tipo de florescência em que as flores, partindo de pontos
    diferentes da haste, se elevam todas ao mesmo nível
virente (9): verdejante
recamado (18): cheio, abundante, enfeitado
descantar (23): cantarolar

Comentário:
Este poema é uma forma de louvor ao compositor brasileiro Antônio Carlos Gomes (1836-1896), que, nascido em família humilde de Cam-

pinas, interior de São Paulo, consagrou-se nos principais palcos da Europa. Quando o poema foi escrito, Carlos Gomes já era um compositor aclamado ("Nas ondas de aplausos que rolam-te [...]", v. 1), sendo a ópera *Il Guarany*, inspirada no romance homônimo de José de Alencar, sua obra mais conhecida. Ela estreou em março de 1870 no teatro Scala de Milão, na Itália, e foi apresentada no Rio de Janeiro em dezembro desse mesmo ano. É provável que Narcisa Amália tenha presenciado essa apresentação. A ópera é citada na quarta estrofe do poema ("E em meio de chuvas de louros, de rosas,/ Surgiu — Guarani. —", vv. 16-7).

# VISÃO

A Helena Fischer

*Esperança... é o símbolo do futuro,*
*o caminho incessante para o saber, para a*
*riqueza, para o céu.*

Jácome de Campos

Uma noite em que a febre da vigília
Escaldava-me o crânio e a fantasia,
Das regiões da luz e da harmonia
Eu vi baixar uma gentil visão;
Tinha na fronte ebúrnea, em vez de pâmpanos,    5
Grinalda de virgíneas tuberosas,
E trazia nas alvas mãos mimosas
O sagrado penhor da redenção.

E perguntei: — Quem és, arcanjo fúlgido,
Que vens iluminar-me a noite escura?    10
Quem és, tu que derramas a frescura
No pudibundo cálice da flor?...
Serás acaso a ondina teutônica
Envolta das espumas no sudário?
Serás um raio vindo do Calvário    15
Para trazer-me vida e crença, e amor?...

"Vida... Não tentes, querubim empírico,
Reanimar a flama extinta hoje!
Sinto que o círio da razão me foge
Da treva eterna no assombroso mar!    20
Crença... Embalde a pedi com longas lágrimas!
Embalde a clama meu sofrer profundo,
Como clamava Goethe moribundo
— Luz! às sombras silentes de Weimar!...

"Amor... Límpido aljôfar que das pálpebras          25
De Cristo rola fecundando o solo!
Amor... Suave bálsamo, consolo
Que implora a humanidade ao pé da cruz!...
Oh! sim, aponta-me a miragem cândida
Que mostra ao crente o paraíso aberto;          30
— Estrela d'Israel, que do deserto
Aos braços da Vitória nos conduz!...

"Mas quem és, tu que vens erguer do pélago
A aurora funeral de meu futuro?
Fala! Quem és, que um ósculo tão puro          35
Depões em minha fronte de mulher?!..."
— "Sou a Esperança, disse; em minha túnica
Brilha serena a lágrima do aflito;
Tenho um sólio no seio do infinito,
E banha-me o clarão do rosicler!          40

"Abre-me o coração pleno de angústias,
Conforto encontrarás em meu regaço;
Criarei para ti mundos no espaço
Onde segrede amor aura sutil!
Onde em lagos azuis de areias áureas          45
S'embalem redivivas tuas crenças,
E à meiga sombra das lianas densas
Vibres cismando às notas do arrabil."

— "Curvo-me, ó anjo, a teu assento plácido:
Já nem me punge tanto o sofrimento!          50
Sinto em meu peito o divinal alento
Que verte n'alma teu cerúleo olhar!
A meus olhos se rasga atro cendálio,
Fito o incerto porvir mais calma e forte:
Já tenho forças p'ra lutar com a sorte          55
E voto a minha lira em teu altar!"

NOTAS

Dedicatória:
Provavelmente uma amiga da autora, Helena Fischer Nogueira, esposa do advogado Pedro Paulo Souza Nogueira (1844-1930), que se tornaria presidente da Câmara Municipal de Resende em 1883.

Epígrafe:
O autor dessas palavras é Jácome de Campos (1830-1878), pai de Narcisa e principal responsável por sua educação. Pelo teor dessas linhas, nota-se o quanto esse professor, poeta e jornalista prezava o saber.

Glossário:
ebúrnea (verso 5): branca como o marfim
pâmpano (5): ramo novo de videira
tuberosa (6): flor branca associada à pureza
penhor (8): garantia, segurança
pudibundo (12): pudico, recatado
ondina (13): na mitologia germânica, ninfa das águas
sudário (14): Santo Sudário, a mortalha que cobriu Cristo
empírico (17): referente a empíreo, a mais alta esfera do céu
círio (19): no catolicismo, longa vela de uso ritual
silente (24): silencioso
aljôfar (25): pérola miúda; por extensão, lágrima
pélago (33): alto-mar, abismo, imensidão
ósculo (35): no antigo cristianismo, beijo que simboliza a fraternidade
sólio (39): trono
rosicler (40): a cor rosada da aurora
rediviva (46): renovada
liana (47): cipó
arrabil (48): instrumento musical árabe semelhante ao violino
cerúleo (52): celestial
atro (53): sinistro, terrível
cendálio (53): cendal, véu fino e transparente

Comentário:
Os versos iniciais desenham uma atmosfera próxima à dos poemas desesperados de Álvares de Azevedo: "Uma noite em que a febre da vigília/ Escaldava-me o crânio e a fantasia" (vv. 1-2). Porém, nessa noite pro-

pícia a delírios e alucinações, a poeta vê, em vez disso, "baixar uma gentil visão" — isto é, uma visão serena —, que tem na "fronte ebúrnea" (v. 5), ou seja, na testa alva como o marfim, "em vez de pâmpanos,/ Grinalda de virgíneas tuberosas" (vv. 4-6).

"Pâmpanos" são os ramos da videira, cobertos de folhas; por isso são associados a Dioniso, o deus grego do vinho, ou Baco, seu correspondente romano, que costumam ser representados com coroas de "pâmpanos" na cabeça. A visão do poema de Narcisa é bastante distinta: a "tuberosa", flor bela e perfumada, é tradicionalmente associada à pureza, à delicadeza e, em certos contextos, à castidade. A imagem da "Grinalda de virgíneas tuberosas" (v. 6) evoca a ideia de flores puras e intocadas, representativas de uma beleza sem mácula.

Percebe-se assim que a presença que visita a poeta não vem da Antiguidade pagã (de Grécia ou Roma), mas de uma espiritualidade moldada pelo cristianismo. Isso se evidencia, já à primeira leitura, pelo uso de termos próprios da história ou do universo cristãos, como "arcanjo" (v. 9), "Calvário" (v. 15), "querubim" (v. 17), "Cristo" (v. 26), "cruz" (v. 28), "anjo" (v. 49), entre outros.

A segunda estrofe é constituída toda ela por interrogações e culmina numa conjectura acerca da origem da Visão: "Serás um raio vindo do Calvário/ Para trazer-me vida e crença, e amor?..." (vv. 15-6). A seguir, nas estrofes 3 e 4, a poeta discorre sobre esses três elementos: "vida", "crença" e "amor".

A estrofe 5 retoma as interrogações e traz este belo e sonoro verso: "'Mas quem és, tu que vens erguer do pélago/ A aurora funeral de meu futuro?" (vv. 33-4). Do verso 37 até o 48 é a Visão que fala e, identificando-se como "a Esperança" (v. 37), convida a poeta a abrir-lhe "o coração pleno de angústias" (v. 41). Ao contrário do que ocorre em "Saudades" ("Só me resta um consolo... a eternidade!", v. 32) ou em "A rosa" ("apenas resta ao crente — extremo asilo — o céu!", v. 36), desta vez a poeta encontra pleno abrigo e consolo e, ao final do poema, exclama: "Já tenho forças p'ra lutar com a sorte/ E voto a minha lira em teu altar!" (vv. 55-6). Ou seja, a poeta coloca seu canto sob o signo da Esperança.

Vale comparar este poema com o soneto "Por que sou forte" (p. 299 deste volume), publicado no jornal *Diário Mercantil*, de São Paulo, em 19 de setembro de 1885. Escrito catorze anos depois de *Nebulosas*, e um ano antes de Narcisa Amália abandonar o segundo marido e mudar-se com a filha para o Rio de Janeiro, o soneto revela uma tomada de posição bastante distinta. O amadurecimento se nota já na primeira linha. Se em "Visão" a poeta dispara uma pergunta atrás da outra e permanece até o final na expectativa do que dirá ou fará a Visão, no soneto a voz subjetiva se mostra, já de saída, decidida, capaz de afirmar a própria convicção contra a opinião alheia: "Dirás que é falso. Não. É certo" (v. 1).

Em "Visão", a poeta é visitada por uma presença que parecia vir de fora ("Das regiões da luz e da harmonia", v. 3). Em "Por que sou forte", a dúvida e a hesitação não a paralisam. Ao contrário: são o impulso para descer "ao fundo d'alma" (v. 2) e cruzar "O limiar desse país bendito" (v. 6), ou seja, mergulhar na própria interioridade. Lá, no seu interior, o eu lírico encontra um mundo desdobrado ao modo da própria natureza: "É que há lá dentro vales, céus, alturas" e "Lua, flores, queridas criaturas" (vv. 9 e 11). Ou seja, um mundo que tem grandiosidade e profundidade equivalentes ao mundo externo. Mais vivida e experiente, a poeta soube internalizar a natureza de forma afetiva e positiva, e é nesse mergulho em si mesma que ela se reconhece e se fortalece: "E eis-me de novo forte para a luta" (v. 14).

# A FESTA DE SÃO JOÃO

Recordação da Fazenda Esperança
à exma. sra.
d. Marianna Candida de M. França

I

Ó noite plena de celeste encanto,
Fonte sagrada de abusões suaves,
Deixa que eu prenda a teu cendal meu canto;
Deixa que eu libe teus arpejos graves,
Ó noite plena de celeste encanto!              5

Quando do empíreo te debruças linda
Que doce paz no coração entornas!
Com a flor mimosa da saudade infinda
O peito enfermo do proscrito adornas,
Quando do empíreo te debruças linda!          10

De teu baféjo ao perfumoso afago
O cactus abre a virginal corola
E a ondina paira sobre o azul do lago!
Da brisa o treno no infinito rola
De teu bafejo ao perfumoso afago!             15

E tudo, tudo quanto vive ama
Bebendo as lendas que teu manto espalha;
De Vênus brinca a vaporosa flama
Com o facho humilde do casal de palha,
E tudo, tudo quanto vive ama!                 20

203

Em derredor de uma fogueira ardente,
Qual tribo inquieta de falenas loucas,
Doudejam moças sobre a gleba algente;
E o riso entreabre coralíneas bocas
Em derredor de uma fogueira ardente!      25

No chão resvalam como orvalho d'oiro
Fátuas centelhas recortando o espaço;
Da laranjeira o doce fruto loiro
Da luz cedendo ao languescido abraço,
No chão resvala como orvalho d'oiro!      30

Corre o tambor a extravagante escala
Seguindo o canto que murmura o escravo;
Negra crioula a castanhola estala,
E à voz robusta que levanta um — bravo! —
Corre o tambor a extravagante escala.      35

Ó noite plena de celeste encanto,
Fonte sagrada de abusões suaves,
Deixa que eu prenda a teu cendal meu canto;
Deixa que eu libe teus arpejos graves,
Ó noite plena de celeste encanto!      40

II

Rasgou-se a faixa noturna
Que a natureza envolvia,
E a aurora rubra derrama
Torrentes de poesia;
Das cascatas, da floresta      45
Ergue-se um hino de festa
Nas harpas da viração;
E o sol — Vesúvio sublime —

Nos crânios vastos imprime
A lava da inspiração!

Erguendo ao Senhor hosanas
Curva-se n'ara o levita,
E a bênção concede à turba
Que genuflexa palpita.
Da fé, à chama divina,
Cada cabeça s'inclina
Banhada de etérea luz;
De cada lábio rubente
A prece voa fervente
Ungindo o pedal da cruz!

A criancinha dileta
Rindo recebe o batismo
E isenta de culpas, entra
No templo do cristianismo!
A celeste unção é gládio
Que vence o crime, paládio
À heresia infernal;
Abate as seitas erguidas
E leva as almas rendidas
À pátria celestial!

Sim! quando em berço d'infante
— Ninho de crenças mimosas —
Onde o amor brota em ondas
Onde rebentam mil rosas,
Resvala a gota sagrada
Que verte na fronte amada
A luz das constelações,
O povo abraça a esperança
E a Deus eleva a criança
Nas asas das saudações!...

Por isso da célia estância
Num raio de caridade
À terra baixou radioso
O anjo da liberdade;
Que a fortes pulsos escuros 85
Unindo seus lábios puros
Partiu um grilhão atroz;
E de infelizes escravos
Fez talvez dez homens bravos,
Talvez dez outros heróis! 90

Oh! bendita a mão femínea
Que o empíreo entreabre ao precito,
Que ao cego aponta um caminho,
E à pátria leva o proscrito!...
Oh! bendita a mãe formosa 95
Que olhando o filho, ditosa,
Manda o cadáver viver!
A oração do liberto
Subindo no vento incerto
Faz o céu graças chover! 100

## III

É noite, é noite de magia e enleio!
Buscando asilo em palpitante seio
    Voa o pólen da flor!
Do ar sereno as vibrações eólias
Perfumam-se nas alvas magnólias, 105
    Que languescem de amor!

Da sala festival pelas janelas
Céleres rolam catadupas belas
    De fúlgidos clarões;

Vênus surpresa, da azulada esfera,                110
Um raio de langor verte severa
    Por entre as cerrações.

Os perfumes sutis causam vertigens;
Transborda de fulgor o olhar das virgens,
    Da madona ideal;                              115
Como a planta a boiar sobre a corrente,
Adeja do mancebo o sonho ardente
    Num colo de vestal!

E cada riso anima uma esperança!
Aos sons da tentadora contradança               120
    Olvida-se o sofrer...
O hálito da bela o ar aroma,
E o rubor que na face nívea assoma
    Trai íntimo prazer.

Dos lábios de uma loura formosura               125
Enchendo o espaço de harmonia pura
    Desata-se a canção;
P'ra ouvir-lhe a fala maviosa, a lua
Que no páramo intérmino flutua
    Penetra no salão!...                         130

Canta, canta formosa peregrina
Que a tua merencória cavatina
    Acalma anseios meus!
O mundo é vário, pérfido oceano...
Quando o deixares, cisne soberano,             135
    Gorjearás nos céus!

O turbilhão da valsa o moço arrasta,
E à tez rubente da donzela engasta
    A baga de suor...

207

Só eu meio à turba que doudeja
Sou como a Esfinge que o Atbara beija
   Sem vida... sem calor...

Ó noite divinal, plena de olores,
Que estendes sobre a terra um véu de flores
   Abertas ao luar,
Verteste em meu sombrio pensamento
O orvalho sideral do esquecimento!
   Oh! deixa-me te amar!...

———

**NOTAS**

Dedicatória:
D. Marianna Candida de Meireles França era a proprietária da Fazenda Esperança, onde se passa a noite de São João descrita no poema. A propriedade pertence ao município de Resende e pode ser parcialmente visualizada em <https://institutopreservale.com.br/a-fazenda-boa-esperanca-um-grande-exemplar-das-fazendas-de-cafe-de-resende-do-periodo-aureo-dos-cafezais/>.

Glossário:
abusão (verso 2): ilusão
cendal (3): véu fino e transparente
libar (4): sugar, beber
empíreo (6): a mais alta esfera do céu
proscrito (9): banido, desterrado
ondina (13): na mitologia germânica, ninfa das águas
treno (14): canto lamentoso, elegia
facho (19): tocha
casal (19): casinha rústica
falena (22): espécie de mariposa
doudejar (23): brincar, vaguear

algente (23): álgido, glacial
fátua (27): efêmera, transitória
languescido (29): lânguido, abatido; por extensão, suave
viração (47): brisa
hosana (51): louvor
ara (52): altar
levita (52): sacerdote
genuflexa (54): ajoelhada
rubente (58): rubro
gládio (65): espada
paládio (66): aquilo que protege
célia (81): celeste
femínea (91): feminil, próprio da mulher
precito (92): réprobo, condenado
eólia (104): referente a vento
catadupa (108): cachoeira, catarata
madona (115): no catolicismo, a mãe de Cristo; por extensão, mulher
    de grande beleza
adejar (117): pairar
vestal (118): na Roma antiga, virgens consagradas a Vesta, deusa do
    lar
nívea (123): branca como a neve
maviosa (128): suave, harmoniosa
páramo (129): campo deserto e elevado; por extensão, o firmamento
merencória (132): melancólica
cavatina (132): ária breve
vário (134): volúvel, desvairado
baga (139): gota de orvalho ou suor
Atbara (141): afluente do rio Nilo

Comentário:
No poema "A festa de São João", já comentado na Apresentação (pp. 29-32 deste volume), podemos identificar pelo menos três espaços de uma fazenda da época do império, e cada parte do poema tem como cenário um desses espaços.

Na primeira, estamos ao ar livre, "Em derredor de uma fogueira ardente" (v. 21), próximo a uma "laranjeira" carregada (v. 28). Trata-se, muito provavelmente, do terreiro diante da sede da fazenda, onde os escravizados, com instrumentos de percussão, batucam numa "extravagante escala/ Seguindo o canto que murmura o escravo" (vv. 31-2).

A segunda parte se passa ao amanhecer ("Rasgou-se a faixa noturna/ Que a natureza envolvia,/ E a aurora rubra derrama/ Torrentes de poesia", vv. 41-4), na capela da fazenda. Ali se realiza o batismo do filho dos proprietários, e, como era costume na época, libertam-se escravizados. Esse é o sentido dos versos "Num raio de caridade/ À terra baixou radioso/ O anjo da liberdade;/ Que a fortes pulsos escuros/ Unindo seus lábios puros/ Partiu um grilhão atroz;/ E de infelizes escravos/ Fez talvez dez homens bravos,/ Talvez dez outros heróis!" (vv. 82-90). Note-se que, no plano musical, o cenário mudou radicalmente. Já não soam tambores e castanholas. Em vez disso, temos a alusão a sonoridades melodiosas, as "harpas da viração" (v. 47); e, no plano religioso, "hosanas" (v. 51) e "prece" (v. 59).

A terceira parte transcorre na "sala festival" (v. 107), o salão de festas da sede da fazenda, todo iluminado e enfeitado. É o momento mundano da festa: é nesse salão que acontecem os flertes e namoricos. À diferença do espaço ao ar livre, onde soavam instrumentos de percussão, este é um espaço concebido à maneira europeia. E de origem europeia são também as referências musicais neste trecho do poema: "contradança" (v. 120), "canção" (v. 127), "cavatina" (v. 132), "valsa" (v. 137). No salão, todos se divertem, "cada riso anima uma esperança!" (v. 119); somente a poeta sente-se deslocada nesse espaço, em "meio à turba que doudeja" (v. 140). E para dar uma ideia de seu sentimento de exílio, ela se compara à Esfinge de Gizé, no Egito, banhada pelo rio Atbara (um afluente do Nilo) (v. 141), dois elementos do continente africano, o que não deixa de ser uma maneira de se colocar ao lado dos escravizados.

# RECORDAÇÃO

*A Adelaide Luz[4]*

*... que distância*
*Não vai d'hoje àqueles dias*
*De nossa risonha infância!*

Teófilo Braga

Lembras-te ainda, Adelaide,
De nossa infância querida?
Daquele tempo ditoso,
Daquele sol tão formoso
Que dava encantos à vida? 5

Eu era como a flôrinha
Desabrochando medrosa;
Tu, alva cecém do vale,
Entreabrias em teu caule
Da aurora à luz d'ouro e rosa. 10

Nosso céu não tinha nuvens:
Nem uma aurora fulgia,
Nem uma ondina rolava,
Nem uma aragem passava
Que não desse uma alegria! 15

---

[4] A Adelaide Luz, a companheira dos folguedos infantis, a moça inteligente e estudiosa em cuja fronte fulgura a tríplice coroa da beleza, do espírito e da bondade, devia eu a minha primeira produção poética. Alterar agora a linguagem íntima e singela desses versos seria uma profanação. (Nota da Autora)

Tu me contavas teus sonhos
De pureza imaculada;
Eflúvios de poesia,
Trenos de maga harmonia...
Eras sibila inspirada!...          20

E a nossos seres repletos
Desse amor que não fenece,
Como sorria a existência!
Quanto voto de inocência
Levava ao céu nossa prece!          25

Hoje que apenas cintila
Ao longe a estrela da vida,
Venho triste recordar-te
Esse passado, abraçar-te,
Minh'Adelaide querida!          30

———

### NOTAS

Dedicatória:
Adelaide Luz foi uma amiga de infância de Narcisa Amália. A ela também é dedicado o poema "Lembras-te?" (pp. 153-4).

Epígrafe:
No original: "Se te lembras! que distância/ Não vai de hoje àqueles dias/ Da nossa risonha infância". Versos do poema "Batismo de fogo", do livro *Visão dos tempos* (1864), do escritor português Joaquim Teófilo Braga (1843-1924).

Glossário:
cecém (verso 8): lilácea também conhecida como açucena
ondina (13): pequena onda

aragem (14): vento suave, brisa
treno (19): canto lamentoso, elegia
maga (19): encantadora, sedutora
sibila (20): na Grécia antiga, mulher que predizia o futuro

Comentário:

"Recordação" tem forte parentesco com o poema "Lembras-te?" (pp. 153-4), também dedicado à amiga de infância Adelaide Luz. Na nota de rodapé, Narcisa deixa claro que "Recordação" foi a sua "primeira produção poética" e define a linguagem desses versos como "íntima e singela". Aqui a "infância querida" (v. 2), em que "Nosso céu não tinha nuvens:/ Nem uma aurora fulgia,/ Nem uma ondina rolava,/ Nem uma aragem passava/ Que não desse uma alegria!" (vv. 11-5), não chega a ser problematizada, como acontece, por exemplo, no poema "Linda" (pp. 65-7).

Só a última estrofe ("Hoje que apenas cintila/ Ao longe a estrela da vida", vv. 26-7) introduz um contraponto à rememoração afetuosa da infância. Curiosamente, "Lembras-te?", certamente posterior e bem mais complexo na organização das estrofes, rimas e imagens de que lança mão, não termina com uma nota de pesar, mas sim de autoafirmação.

# O SACERDOTE

Ao revmo. sr. vigário Felippe José Corrêa de Mello

*C'est un ange venu sur la terre où nous sommes;*
*C'est l'homme presque Dieu consolant d'autres hommes.*

Guiraud

Ente sagrado que sereno calcas
Os bravos cardos do terreno horto,
Erguendo os fracos que chorando prostram-se,
Entre a miséria a derramar conforto;
Dizei, que arcanjo te sustenta, oculto,                5
Do mundo falso sobre as crus paixões?
Quem deu-te a crença que a sorrir espalhas
                Às multidões?

Quem deu-te aos olhos a celeste flama
Que alenta a vida, e purifica a alma,               10
E o lábio ungiu-te do melífluo verbo
Que tanta ardência, tanta sede acalma?...
Símbolo do Cristo, tu entornas bálsamos
Do peito aflito sobre o chão revel...
Quanta nobreza não disfarça avaro               15
                Negro burel!?

Teu doce império se revela exímio
Onde do déspota o poder falece,
Ao céu teu ser em sacrifício sobe
Nas brancas asas da singela prece.               20
Banha-se o crente, a teu suave acento,
Nas ondas loiras da caudal da fé;
Caem por terra mil errôneas seitas
                Ontem de pé!

O braço inerme protetor estendes 25
Da virgem pura à candidez sublime,
Enquanto ao seio piedoso apertas
O réu, remido do negror do crime!
Após teus passos vão seguindo as bênçãos
Do pobre enfermo que estendeu-te a mão; 30
Ao ímpio mesmo que blasfema, atiras
                              Doce perdão!

E quando exausto, para o vil patíbulo,
Caminha um homem que a justiça esmaga,
Sustendo a fronte que o terror desvaira 35
Além lhe mostras a sidérea plaga:
Contrito escuta o condenado a lenda
Das longas dores que sofreu Jesus,
E quando pende-lhe a cabeça, expira
                              Beijando a Cruz! 40

Prossegue sempre nessa trilha augusta;
Para onde adeja a funeral desgraça!
Mas não te afastes dos festivos grupos,
— Quebra-se em breve do prazer a taça!
Se o frio cético ao rolar no abismo 45
Fitar sombrio os tristes olhos teus,
Verá rasgar-se do sepulcro as sombras,
                              Julgar-te-á Deus!...

Tais são, ó mártir de uma ideia, as luzes
Que opões à treva tumular do mundo; 50
Ai! nunca invejes o bulício inglório
Das doudas turbas no labor profundo!
Embora o gênio da desdita envolva
Nosso destino em funerário véu,
Por entre os prantos te veremos sempre 55
                    Próximo ao céu!...

NOTAS

Dedicatória:
Felipe José Corrêa de Mello (?-1872), vigário na paróquia de Resende por 25 anos, entre 1857 e 1872, foi também chefe político, vereador e deputado provincial.

Epígrafe:
"É um anjo que veio à terra em que estamos;/ É o homem quase Deus consolando outros homens", versos do escritor francês Alexandre Guiraud (1788-1847), poeta, dramaturgo e escritor francês.

Glossário:
cardo (verso 2): planta de caule espinhoso
horto (2): referente ao Horto das Oliveiras, local dos sofrimentos de
   Cristo
melífluo (11): doce, harmonioso
revel (14): esquivo, arredio
burel (16): traje de tecido grosseiro usado por frades
acento (21): fala, discurso
caudal (22): torrente de água
inerme (25): desarmado, indefeso
ímpio (31): que não tem fé
patíbulo (33): cadafalso, local de execução de um condenado à morte
sidérea (36): sideral
plaga (36): região, país
contrito (37): arrependido
adeja (42): paira
bulício (51): agitação

Comentário:
   É difícil formar hoje uma ideia adequada da importância que a Igreja Católica e seus sacerdotes tinham no século XIX, não só no Brasil mas em muitos países. Giravam à sua volta os acontecimentos políticos, sociais, culturais e morais, sobretudo nas cidades menores. Romantizada e idealizada, a figura do sacerdote é qualificada na epígrafe de Alexandre Guiraud como "quase Deus".
   O poema de Narcisa Amália segue na mesma linha. Logo na abertura, o sacerdote já é colocado acima de seus irmãos humanos como "En-

te sagrado" (v. 1) — e assim será tratado até o final do poema, que termina com "te veremos sempre/ Próximo ao céu!..." (vv. 55-6).

Embora não haja nenhuma análise da figura do sacerdote no poema, vale chamar a atenção para as interrogações que a poeta lança na segunda metade da primeira estrofe ("Dizei, que arcanjo te sustenta", v. 5) e que prosseguem por toda a estrofe seguinte. Narcisa não está interessada aqui na figura do sacerdote em si, mas no segredo da força que o sustenta em sua missão de alentar a vida e purificar a alma (v. 10) — missão que, para a autora de *Nebulosas*, tem muita afinidade com a poesia. Vale a pena ler este poema junto com outro, "Sadness" (p. 229), em que a voz lírica busca definir seu "anjo inspirador" (v. 1).

# AMOR DE VIOLETA

*As violetas são os serenos pensamentos*
*que o mistério e a solidão despertam na alma*
*verdejante da esplêndida primavera.*

Luís Guimarães Júnior

Esquiva aos lábios lúbricos
Da louca borboleta,
Na sombra da campina olente, formosíssima
Vivia a violeta.

Mas uma virgem cândida
Um dia ante ela passa,
E vai colher mais longe uma faceira hortênsia
Que à loira trança enlaça.

"Ai! geme a flor ignota:
Se pela cor brilhante
Que tinge a linda rosa, a tinta melancólica
Trocasse um só instante;

Como sentira, ébria
De amor, de mago enleio,
Do coração virgíneo as pulsações precípites,
Unida ao casto seio!"

Doudeja a criança pálida
Na relva perfumosa,
E a meiga violeta ao pé mimoso e célere
Esmaga caprichosa.

Curvando a fronte exânime
Soluça a flor singela:
"Ah! como sou feliz! Perfumo a planta ebúrnea
Da minha virgem bela!..."

———

NOTAS

Epígrafe:
Citação do escritor Luís Caetano Guimarães Júnior (1845-1898), autor de livros como *Lírio branco* (1826), *Corimbos* (1866) e *Noturnos* (1872), e, em 1871, de uma pequena biografia do pintor Pedro Américo, então com 28 anos, que teve grande repercussão na época. Desde 1870 escrevia na imprensa do Rio de Janeiro sobre a obra de Narcisa Amália.

Glossário:
lúbrico (verso 1): úmido, escorregadio
olente (3): aromático
ignota (9): que não é conhecida ou notada
mago (14): encantador, sedutor
virgíneo (15): virginal
precípite (15): veloz
doudejar (17): brincar, vaguear
planta (23): sola do pé
ebúrnea (23): branca como o marfim

Comentário:
Na literatura, a violeta é uma flor associada à modéstia, à simplicidade e à lealdade. São esses atributos que transparecem no poema "Amor de violeta".

A cena que o poema desenha é relativamente simples. Numa campina perfumada ("olente", v. 3) vivia, na sombra, uma formosa violeta. Um dia uma jovem passa por ela, não a nota e vai colher "uma faceira hortênsia" (v. 7). A violeta ("flor ignota", v. 9, ou seja, desconhecida, pois a moça não percebeu sua presença) se lamenta: como gostaria de trocar sua "tinta melancólica" (v. 11) "pela cor brilhante/ Que tinge a linda rosa" (vv. 10-1)! Se assim fosse, ela sentiria a embriaguez do amor ("Como sentira, ébria/ De amor", vv. 13-4), "Unida ao casto seio" (v. 16) da jovem. Acontece que a moça, correndo pela campina de um lado para outro, acaba pisando sobre a violeta e a esmagando (estrofe 5). Ainda assim, a flor, num exemplo de suprema humildade e dedicação, se curva e soluça, feliz por perfumar a sola do pé da "virgem bela" (v. 24).

É curioso que Narcisa Amália teria uma filha, Alice Violeta (1883), e uma neta, Vera Violeta (1907), com o nome da flor.

# O AFRICANO E O POETA

Ao dr. Celso de Magalhães

*Les esclaves... Est-ce qu'ils ont des dieux?*
*Est-ce qu'ils ont des fils, eux qui n'ont point d'aieux?*

Lamartine

No canto tristonho
De pobre cativo
Que elevo furtivo,
Da lua ao clarão;
Na lágrima ardente           5
Que escalda-me o rosto,
De imenso desgosto
Silente expressão;
      Quem pensa? — O poeta
      Que os carmes sentidos     10
      Concerta aos gemidos
      De seu coração.

— Deixei bem criança
Meu pátrio valado,
Meu ninho embalado         15
Da Líbia no ardor;
Mas esta saudade
Que em túmido anseio
Lacera-me o seio
Sulcado de dor,           20
      Que sente? — O poeta
      Que o elísio descerra;
      Que vive na terra
      De místico amor!

— Roubaram-me feros
A férvidos braços;
Em rígidos laços
Sulquei vasto mar;
Mas este queixume
Do triste mendigo,
Sem pai, sem abrigo,
Quem quer escutar?...
      — Quem quer? — O poeta
      Que os térreos mistérios
      Aos paços sidéreos
      Deseja elevar.

— Mais tarde entre as brenhas
Reguei mil searas
Co'as bagas amaras
Do pranto revel;
Das matas caíram
Cem troncos, mil galhos;
Mas esses trabalhos
Do braço novel,
      Quem vê? — O poeta
      Que expira em arpejos
      Aos lúgubres beijos
      Da fome cruel!

— Depois, o castigo
Cruento, maldito,
Caiu no proscrito
Que o Simum crestou;
Coberto de chagas,
Sem lar, sem amigos,
Só tendo inimigos...
Quem há como eu sou?!...

— Quem há?... O poeta
Que a chama divina
Que o orbe ilumina
Na fronte encerrou!...                    60

— Meu Deus! ao precito
Sem crenças na vida,
Sem pátria querida,
Só resta tombar!
Mas... quem uma prece                      65
Na campa do escravo
Que outrora foi bravo
Triste há de rezar?!...
          — Quem há-de?... O poeta
          Que a lousa obscura,              70
          Com lágrima pura
          Vai sempre orvalhar!?

---

**NOTAS**

Dedicatória:
Celso Tertuliano da Cunha Magalhães (1849-1879) foi um escritor, poeta, promotor e jurista maranhense muito admirado por Narcisa Amália (ver Apresentação, p. 28 deste volume).

Epígrafe:
"Os escravos... Eles têm deuses?/ Têm filhos, eles que não têm antepassados?" Versos do poema *La Chute d'un ange* (A queda de um anjo, 1838), um grande romance épico em versos do escritor francês Alphonse de Lamartine (1790-1869). O trecho em questão corresponde à fala da personagem feminina Daïdha.

Glossário:
silente (verso 8): silencioso
carmes (10): cantos, poemas
concertar (11): harmonizar
valado (14): valas que protegem uma propriedade rural
túmido (18): inchado, saliente
sulcado (20): marcado
elísio (22): céu, paraíso
fero (25): feroz
sidéreo (35): sideral
baga (39): gota de orvalho ou suor
amara (39): amarga
revel (40): esquivo, arredio
novel (44): inexperiente
proscrito (51): banido, desterrado
Simum (52): vento quente do meio-dia
crestar (52): queimar levemente
orbe (59): corpo celeste; neste caso, o Sol
precito (61): réprobo, condenado
campa (66): pedra que cobre a sepultura
lousa (70): pedra que cobre a sepultura

Comentário:
É possível que um dos pontos de partida para este poema tenha sido
"A canção do africano", de Castro Alves, escrito em 1863 e considerado
um dos primeiros poemas de temática abolicionista em nosso país. Nesse
texto, o poeta baiano observa o canto do africano saudoso de sua terra
natal e, ao mesmo tempo, reflete sobre a opressão que vive enquanto es-
cravizado. Em "O africano e o poeta", Narcisa Amália estrutura o poema
como um diálogo entre o africano e o poeta, colocando o escravizado na
condição de porta-voz de seu próprio sofrimento.

A composição do poema organiza-se em seis estrofes, cada qual di-
vidida em dois movimentos distintos. O primeiro, formado por oito ver-
sos, expõe a trajetória do africano escravizado, desde o "pátrio valado"
(v. 14), sua terra de origem, até o desconhecido continente onde se perce-
be "Coberto de chagas,/ Sem lar, sem amigos" (vv. 53-4).

Já o segundo movimento, com quatro versos, principia cada uma das
seis estrofes com as perguntas: "Quem pensa?", "Que sente?", "Quem
quer?", "Quem vê?", "Quem há?...", "Quem há-de?...". No centro do
poema, na terceira estrofe, destaca-se a pergunta essencial do africano:

226

"Mas este queixume/ Do triste mendigo/ Sem pai, sem abrigo,/ Quem quer escutar?..." (vv. 29-32). Em todas as estrofes a resposta afirmativa é "O poeta". Tal construção coloca o poeta no lugar daquele que escuta o africano (ou daquele que reconhece sua presença, como no poema de 1879 "Perfil de escrava", p. 291). Essa atenção à música e às canções africanas já havia se revelado no poema "A festa de São João" (pp. 203-8), nos versos da estrofe 7: "Corre o tambor a extravagante escala/ Seguindo o canto que murmura o escravo" (vv. 31-2). Mas em "O africano e o poeta", a escuta é muito mais concentrada e solidária. Isso acontece porque o poeta reconhece que o lamento provém de um semelhante, e não de um objeto, de uma mercadoria, que é a vil condição a que os seres humanos são submetidos no regime da escravidão.

# SADNESS

*Still visit thus my nights, for you reserved,*
*And mount my soaring soul to thoughts like yours.*

James Thomson

Meu anjo inspirador não tem nas faces
As tintas coralíneas da manhã;
Nem tem nos lábios as canções vivaces
    Da cabocla pagã!

Não lhe pesa na fronte deslumbrante        5
Coroa de esplendor e maravilhas,
Nem rouba ao nevoeiro flutuante
    As nítidas mantilhas.

Meu anjo inspirador é frio e triste
Como o sol que enrubesce o céu polar!      10
Trai-lhe o semblante pálido — do antiste
    O acerbo meditar!

Traz na cabeça estema de saudades,
Tem no lânguido olhar a morbideza;
Veste a clâmide eril das tempestades,     15
    E chama-se — Tristeza!...

———

## NOTAS

Epígrafe:
"Visitai ainda as minhas noites, a vós reservadas,/ E elevai minha alma a pensamentos como os vossos." Versos do poema "The Winter" (O inverno), do escocês James Thomson (1700-1748), publicado pela primeira vez em 1826 e mais tarde recolhido no livro *The Seasons* (As estações), de 1730. Nesses versos, o poeta dirige-se às musas.

Glossário:
vivace (verso 3): vivaz
antiste (11): na Antiguidade, sacerdote de grande importância
acerbo (12): azedo, atroz
estema (13): coroa, grinalda
clâmide (15): na Grécia antiga, longo manto que se prendia ao pescoço
eril (15): feito de bronze ou latão

Comentário:
Há uma beleza particular no modo como a poeta começa definindo seu "anjo inspirador" (v. 1) pela negação: "não tem" (v. 1), "Nem tem" (v. 3), "Não lhe pesa" (v. 5), "Nem rouba" (v. 7). Essa sequência de negativas prepara o tom firme e sóbrio para a afirmação "Meu anjo inspirador é frio e triste/ Como o sol que enrubesce o céu polar!" (vv. 9-10 — sol, portanto, que brilha muito longe da "cabocla pagã" mencionada no v. 4).

Na estrofe 3, o poema diz: "Trai-lhe o semblante pálido — do antiste/ O acerbo meditar!" (vv. 11-2). "Antiste" é uma palavra de origem greco-latina e designa um título de honra dado a padres e sacerdotes. Assim, a poeta cria um vínculo com o texto "O sacerdote", reproduzido poucas páginas atrás (pp. 215-6).

O título em inglês, "Sadness", se esclarece com sua tradução ao final do poema. O anjo inspirador da poeta é a "Tristeza!..." (v. 16) — ou seja, uma paixão introspectiva, que favorece o mergulho na própria interioridade, da qual a poeta extrai sua força.

# O BAILE

> *Esta fingida alegria,*
> *Esta ventura que mente,*
> *Que será delas ao romper do dia?*
>
> Gonçalves Dias

A noite desce lenta e cheia de magia;
A multidão febril do tempo da alegria,
   Invade as vastas salas.
O mármore, o cristal, a seda e os esplendores,
Do manacá despertam os mágicos olores,     5
   A languidez das falas.

Ao rutilar das luzes as dálias desfalecem...
Roçando o pó as vestes das virgens s'enegrecem,
   Enturva-se a brancura...
O ar vacila tépido... a música divina     10
Semelha o suspirar de uma harpa peregrina...
   É a hora da loucura!

Pela janela aberta por onde o baile entorna
No éter transparente a vaga tíbia e morna
   Do hálito ruidoso,     15
Da vida as amarguras espreitam convulsivas
O leve esvoaçar das frases fugitivas...
   O estremecer do gozo!...

E tudo se inebria: o lampejar de um riso
Acende n'alma a luz gentil do paraíso,     20
   Arranca a jura ardente!
E mariposa incauta, em súbita vertigem,
Arroja-se a mulher crestando o seio virgem
   Na pira incandescente!

Aqui, na nitidez de um colo, a coma escura           25
S'espraia em mil anéis, enlaça a fronte pura
    Auréola de rosas;
Da valsa ao giro insano, volita pelo espaço
Do cinto estreito, aéreo, o delicado laço,
    As gazes vaporosas.                             30

Ali, na meiga sombra indiferente a tudo,
Imerso em doce cisma um colo de veludo
    Ondula deslumbrante:
Que fogo oculto, ignoto, em suas fibras vaza
Vívido ardor que faz tremer-lhe a nívea asa            35
    De garça agonizante?!...

Além, meus olhos tímidos contemplam com tristeza
As penas da mulher, dessa — ave de beleza —
    Calcadas sem piedade!...
Esparsas pelo solo as laceradas rendas...              40
As flores já sem viço... abandonadas lendas
    Da louca mocidade!

A festa chega ao termo; a harmonia expira;
A luz na convulsão final langue se estira
    Pelo salão deserto;                              45
Há pouco — o doudejar da multidão festante,
Agora — o empalidecer da chama vacilante,
    Ao rosicler incerto!

Depois — a razão fria contando instantes ledos
De castos devaneios, de juramentos tredos              50
    Ouvidos sem receio...
Num corpo languescido o espírito agitado...
E a febre da vigília ao doloroso estado
    Ligando vago anseio...

A vida é isto: hoje cruel grilhão de ferro; 55
Talvez d'oiro amanhã, mas sempre a dor, o erro,
   Aniquilando o gênio!
Passado — áureo friso num mar de indiferença;
Presente — eterna farsa universal, suspensa
   Do mundo no proscênio! 60

---

NOTAS

Epígrafe:
Versos do poema "O baile", de Gonçalves Dias, publicado no livro
*Últimos cantos* (1851).

Glossário:
manacá (verso 5): tipo de arbusto e árvore
rutilar (7): brilho, cintilar
éter (14): o espaço celeste
vaga (14): onda
tíbia (14): tépida
crestar (23): queimar levemente
coma (25): cabeleira
volitar (28): esvoaçar
gaze (30): tecido fino e transparente
ignoto (34): que não é conhecido ou notado
nívea (35): branca como a neve
langue (44): lânguido, abatido; por extensão, suave
doudejar (46): brincar, vaguear
rosicler (48): a cor rosada da aurora
ledo (49): alegre
tredo (50): traiçoeiro, enganoso
proscênio (60): palco

Comentário:
Vale a pena comparar "O baile" com o terceiro movimento do poe-
ma "A festa de São João" (pp. 203-8), aquele que se inicia com o verso "É

233

noite, é noite de magia e enleio!". Ambos descrevem um salão de baile repleto de luzes e brilhos, música, "mágicos olores" (v. 5), em meio aos quais a "multidão febril" (v. 2) se diverte e dança.

Mas, no presente poema, Narcisa parece se deter e se aprofundar um pouco mais na cena que se desenrola no salão. Na estrofe 4, ela capta um momento próximo ao arrebatamento: "E tudo se inebria: o lampejar de um riso/ Acende n'alma a luz gentil do paraíso,/ Arranca a jura ardente!" (vv. 19-21). E faz uma advertência às jovens que se entregam no arroubo de uma paixão: "mariposa incauta, em súbita vertigem,/ Arroja-se a mulher crestando o seio virgem/ Na pira incandescente!" (vv. 22-4).

Na estrofe 6, ela dirige seu olhar para os cantos menos iluminados do salão e percebe um drama a se desenrolar: "Ali, na meiga sombra indiferente a tudo,/ Imerso em doce cisma um colo de veludo/ Ondula deslumbrante:/ Que fogo oculto, ignoto, em suas fibras vaza/ Vívido ardor que faz tremer-lhe a nívea asa/ De garça agonizante?!..." (vv. 31-6). É uma mulher de grande beleza que sofre.

Os próximos versos revelam o ponto de vista da poeta, que observa a cena com compaixão: "Além, meus olhos tímidos contemplam com tristeza/ As penas da mulher, dessa — ave de beleza —/ Calcadas sem piedade!.../ Esparsas pelo solo as laceradas rendas.../ As flores já sem viço... abandonadas lendas/ Da louca mocidade!" (vv. 37-42). Ela se compadece pelo estado atual dessa bela senhora, dando a entender que, na juventude, ela foi uma das "mariposas incautas" que se lançou à "pira incandescente" das paixões.

As estrofes 8 e 9 são as que mais se aproximam da epígrafe de Gonçalves Dias. "A festa chega ao termo; a harmonia expira" (v. 43); o salão está "deserto" e começa a amanhecer. É a hora em que a "razão fria" (v. 49) repassa os minutos vividos, e no corpo cansado e no "espírito agitado" (v. 52) restam apenas um "vago anseio", um "doloroso estado" (vv. 53-4).

Na estrofe final a voz lírica extrapola a visão do baile e expande esse momento de desilusão para a vida inteira: "A vida é isto: hoje cruel grilhão de ferro;/ Talvez d'oiro amanhã, mas sempre a dor, o erro,/ Aniquilando o gênio!" (vv. 55-7). O passado lhe parece morto ("áureo friso num mar de indiferença", v. 58) e o presente é uma "eterna farsa universal" (v. 59). São versos cortantes, desencantados, que recordam a visão barroca do mundo como um grande palco em que todos estão apenas representando papéis.

# FANTASIA

A Brandina Maia

*An emanation it is of rainbow:*
*— All beauty and peace...*

Byron

É bela a cecém do vale
Quando desponta mimosa,
Sobre o caule, melindrosa,
Ao rutilar do arrebol;
Quando a gota etérea e pura                    5
Que chora o céu sobre a terra,
O lindo seio descerra
Aos frouxos raios do sol.

É bela a meiga criança
Sorrindo à luz da existência,                  10
Co'a alma — toda inocência,
E a face — toda rubor!
Os róseos lábios ungidos
Por mil acentos — suaves
Como o gorjeio das aves,                       15
Como um suspiro de amor!...

Des'brocha o lírio, mais alvo
Que o tênue floco de neve;
A viração fresca e leve
Lhe oscula as pétalas — feliz;                 20
Ternos carmes lhe murmura
A namorada corrente,
Que se deriva indolente
Por sobre o flóreo tapiz.

Assim a virgem formosa
Torna-se mais sedutora,
Quando a poesia enflora
Sua beldade ideal!
Quando no brilho fulgente
Dos olhos vívidos, belos,
Su'alma ardente de anelos
Mostra candor divinal!

Então, se a fita a miséria
Sente no seio a esperança;
A um seu sorriso a criança
Ligeira tenta sorrir;
Aos lábios — casto delírio
Implora a audaz borboleta;
O mesmo altivo poeta
Pede-lhe um raio de amor!...

E tudo, tudo o que a cerca
De medrosos juramentos,
Vê, nos vagos pensamentos,
A candidez que seduz!
E tudo, tudo o que sofre
Vê que, à imagem de Maria,
A virgem — flor de poesia —
Deus fez repleta de luz!

Que o Senhor a ti, ó virgem,
— Símbolo de amor e candura —
Poupe a taça da amargura
Que a meu lábio não poupou!
Que se desdobre nitente
A fita de tua vida,
De tantos sonhos tecida
Quantos o céu me negou!

236

NOTAS

Dedicatória:
Amiga de infância de Narcisa Amália, Brandina Maia apresentou-se ao piano na homenagem à poeta realizada em Resende em 1873. A ela também está dedicado o poema "Manhã de maio" (pp. 137-9).

Epígrafe:
O inglês George Gordon Byron (1788-1824), conhecido como Lord Byron, foi um dos mais talentosos poetas românticos. Deixou marca forte no Romantismo brasileiro, particularmente na obra de Álvares de Azevedo. Não foi possível localizar o original do qual Narcisa Amália extraiu esses versos, embora numa entrada de seu diário, de 1821, Byron, referindo-se a uma prima por quem estivera apaixonado e para quem escreveu seus primeiros versos, anote: "She looked as if she had been made out of a rainbow: — All beauty and peace..." (Ela parecia feita de um arco-íris: — Toda ela beleza e paz...).

Glossário:
cecém (verso 1): lilácea também conhecida como açucena
rutilar (4): brilho, cintilar
arrebol (4): a cor avermelhada do céu ao amanhecer ou ao pôr do sol
ungidos (13): abençoados
acentos (14): sons
viração (19): brisa
oscular (20): beijar
carmes (21): cantos, poemas
tapiz (24): tapete
anelo (31): anseio
Maria (46): na Bíblia, a mãe de Cristo
nitente (53): resplandecente

Comentário:
A redondilha maior (verso de sete sílabas métricas) é um verso cadenciado e melódico, profundamente enraizado na tradição poética luso-brasileira. Os poetas românticos o utilizaram com frequência ao tratar de temas sentimentais, por sua musicalidade fluida e encantatória. É esse o caso de "Fantasia", um poema delicado que canta, inicialmente, a pureza e a beleza daquilo que nasce: "É bela a cecém do vale/ Quando desponta

mimosa" (vv. 1-2); "É bela a meiga criança/ Sorrindo à luz da existência,/ Co'a alma — toda inocência" (vv. 9-11).

Muitas imagens empregadas por Narcisa Amália reforçam a aura de pureza que reina por quase todo o poema: "lírio" (v. 17), "floco de neve" (v. 18), "viração fresca e leve" (v. 19), "pétalas" (v. 20)... São figuras concretas de seres e coisas que existem no mundo, mas que devem ser entendidas também como qualidades de caráter. É preservando essas qualidades, diz o poema na estrofe 4, que "a virgem formosa/ Torna-se mais sedutora,/ Quando a poesia enflora/ Sua beldade ideal!" (vv. 25-8).

Esse elogio à pureza interior culmina, com acento religioso, nos versos da estrofe 6: "E tudo, tudo o que sofre/ Vê que, à imagem de Maria,/ A virgem — flor de poesia —/ Deus fez repleta de luz!" (vv. 45-8).

O contraponto, que tensiona e enriquece o poema, vem na estrofe final. Aqui a poeta se dirige diretamente a uma segunda pessoa do singular (talvez a própria amiga Brandina Maia, a quem dedicou o poema), desejando que a felicidade da infância perdure por toda a sua vida, mas deixando claro que essa não foi sua experiência pessoal: "Que o Senhor a ti, ó virgem,/ — Símbolo de amor e candura —/ Poupe a taça da amargura/ Que a meu lábio não poupou!" (vv. 49-52).

# JULIA E AUGUSTA

> *Quanto há no mundo de ilusões fagueiras,*
> *De perfume e de amor, guardam no peito:*
> *Quanto há de luz no céu mostram nos olhos,*
> *Quanto há de belo n'alma.*
>
> Gonçalves Dias

São duas rosas se expandindo rúbidas
No brando caule com suave encanto;
São duas nuvens deslizando túmidas
Do campo aéreo no azulado manto.

São duas ondas marulhosas, flácidas,          5
Que o tíbio sopro do favônio frisa;
São duas conchas deslumbrantes, nítidas,
Do mar na praia refulgente e lisa.

São duas auras, perfumosas, tépidas,
Beijando as pétalas de uma flor pendida;      10
São duas rolas resvalando tímidas
No dorso curvo do escarcéu da vida.

Duas auroras ressurgindo límpidas
Por entre as trevas que a tormenta encerra;
Graças libradas sobre o espaço, fúlgidas,     15
A cuja sombra se conchega a terra!

Uma — os rútilos das pupilas vívidas
Vela nos prantos de gazil ternura;
Na cor mimosa da Moema indígena
Concentra o ardor da tropical natura!         20

Outra, revela nos olhares lânguidos
Toda a pureza da celeste estância;
À tez formada de açucenas úmidas
Rouba o outono a festival fragrância!

Ambas — cingidas de virgínea auréola
Firmes caminham na escabrosa trilha!
Feliz daquele que sorvesse em ósculos
O afeto imenso que em seus olhos brilha.

25

—————

**NOTAS**

Epígrafe:
Versos da estrofe 6 do poema "As duas amigas", de Gonçalves Dias (1823-1864), publicado em *Segundos cantos* (1848), que, pelo tom e pelo tema, certamente influenciou o poema de Narcisa Amália.

Glossário:
rúbida (verso 1): rubra
túmida (3): inchada, saliente
tíbio (6): tépido, morno
favônio (6): zéfiro, vento brando
escarcéu (12): vagalhão, grande onda; por extensão, alvoroço
librada (15): equilibrada, sustentada
rútilo (17): brilho
gazil (18): gracioso
natura (20): natureza
virgínea (25): virginal
ósculo (27): no antigo cristianismo, beijo que simboliza a fraternidade

Comentário:
Desde o título, o poema se desenvolve de forma binária. Após nomear duas moças, Julia e Augusta, os vv. 1, 3, 5, 7, 9 e 11 reiteram, "São

duas" ("rosas", "nuvens", "ondas", "conchas", "auras"...). O efeito ganha força quando constatamos que cada uma das estrofes também é construída por pares de imagens, isto é, o primeiro e o segundo verso de cada estrofe compõem uma unidade de sentido; o terceiro e o quarto, outra.

Na busca por correspondências que traduzam a essência das duas jovens, a poeta formula belas imagens: "São duas conchas deslumbrantes, nítidas,/ Do mar na praia refulgente e lisa.// São duas auras, perfumosas, tépidas,/ Beijando as pétalas de uma flor pendida" (vv. 7-10). Note-se o belo efeito que a poeta extrai rebatendo a sonoridade de *té-pi-das* sobre *pé-ta-las*.

O jogo de rimas (proparoxítonas nos versos ímpares e rimas completas nos versos pares) também concorre para o efeito de paralelismo no poema. Tal paralelismo é interrompido nas estrofes 5 e 6, onde a poeta associa uma das jovens à natureza terrestre ("Na cor mimosa da Moema indígena/ Concentra o ardor da tropical natura", vv. 19-20) e outra à "celeste estância" (v. 22). Mas as duas são reunidas na estrofe final, neste verso que reafirma a determinação de ambas, "Firmes caminham na escabrosa trilha!" (v. 26).

# NOTURNO

> *Oh! quelle joie dans la fraîcheur de cette*
> *belle nuit d'eté! Comme on sent dans le calme*
> *ici tout ce qui rend l'âme heureuse!*
>
> Goethe

Languesce a calma ardente:
Nos ares, levemente,
Desdobra-se tremente
Da noite a coma escura;
Do zéfiro o adejo       5
Envolve em longo beijo
O símbolo do pejo,
— A rosa da espessura.

A linfa marulhosa,
Dolente, langorosa,       10
Estende-se chorosa
Num leito de luar;
Além um canto soa,
Por sobre a espuma voa,
Ligeira, uma canoa       15
Cortando o azul do mar.

Do espaço eis a princesa:
Na gélida beleza
Que doce morbideza,
Que angústia calma e funda!       20
E cada flor nevada
Que dobra-se crestada
Na haste recurvada,
Co'a branca luz inunda!

Planetas fulgurantes
Se velam, por instantes,
Nas rendas flutuantes
Das nuvens de algodão;
Sacode a noite o manto,
Na terra chove pranto...
Que vaporoso encanto
Embala a criação!...

O elísio tem fulgores,
A terra, orvalho, flores,
E místicos amores
Que velam descuidados;
Mas, ah! quanto lamento
Não sobe tardo, lento,
Na voz do sofrimento,
No — ai — dos desgraçados?!...

Ao mísero inditoso
Envia, ó Deus piedoso,
Um raio esperançoso
Que abrande a intensa dor!
Na vaga que delira,
No euro que suspira,
Na casta e santa pira
Lh'infunde teu amor!...

———

NOTAS

Epígrafe:
"Oh! que alegria no frescor desta bela noite de verão! Como se sente nessa calma tudo o que torna a alma feliz!", fragmento do poema "Die schöne Nacht" ("A bela noite"), vertido em prosa para o francês como "La Belle nuit" pelo barão Henri Blaze, e publicado no livro *Poésies de Goethe*, Paris, 1843.

Glossário:
languescer (verso 1): tornar-se lânguido, abatido; por extensão, suave
coma (4): cabeleira
adejar (5): pairar, esvoaçar
zéfiro (5): vento brando que sopra do Ocidente
pejo (7): vergonha, pudor
linfa (9): água límpida; na Roma antiga, deidade das águas
marulhosa (9): agitada
dolente (10): queixoso
crestada (22): levemente queimada
elísio (33): céu, paraíso
vaga (45): onda
euro (46): vento que sopra do Leste

Comentário:
A noite, em geral associada à introspecção, ao sonho e ao mistério, exercia uma fascinação profunda sobre a imaginação romântica. Por isso, é raro encontrarmos um poeta desse período que não tenha escrito pelo menos um poema intitulado "Noturno", designando com essa palavra uma certa modalidade de tom e de tema.

As palavras do escritor Johann Wolfgang von Goethe (1749-1832) na epígrafe ajudam a desenhar o pano de fundo com que o poema principia: calma e frescor.

No "Noturno" de Narcisa Amália, a noite se desdobra no céu aliviando o calor ("Languesce a calma ardente", v. 1). Em seguida, sente-se a presença do vento ("zéfiro", v. 5), cujo "longo beijo" (v. 6), entretanto, não é capaz de romper o mistério da noite ("O símbolo do pejo", v. 7, entendendo "pejo" aqui como "pudor"). Ou seja, a noite se desdobra no céu, mas mantém o seu pudor: ela não expõe o seu mistério. Daí a bela e enigmática imagem que vem em seguida para nomear essa noite cuja profundidade se pressente, mas que é impossível revelar: "— A rosa da espessura" (v. 8).

Na estrofe 2, o poema pinta a proximidade do mar, onde passa "Ligeira, uma canoa" (v. 15). A lua, "princesa" do "espaço" (v. 17), surge na estrofe 3. Na estrofe 4, temos novamente no livro a presença das nebulosas, ainda que a poeta não as cite pelo nome ("Planetas fulgurantes/ Se velam, por instantes,/ Nas rendas flutuantes/ Das nuvens de algodão", vv. 25-8).

Curiosamente, quando o percurso do poema parece conduzir ao arrebatamento ou à elevação espiritual ("O elísio tem fulgores,/ A terra, orvalho, flores,/ E místicos amores/ Que velam descuidados", vv. 33-6), a poeta interrompe o movimento ascensional e coloca em cena a "voz do sofrimento" (v. 39), o "ai — dos desgraçados" (v. 40). É uma reviravolta que vai além do que está sugerido na epígrafe de Goethe, o qual, nesse fragmento, se contenta em cantar a alegria proporcionada por uma bela e calma noite de verão. Para Narcisa, entretanto, a alegria nunca será completa enquanto houver sofrimento na Terra.

# A ROSA

*Que ímpia mão te ceifou no ardor da sesta*
*Rosa de amor, rosa purpúrea e bela?*

Almeida Garrett

Um dia em que perdida nas trevas da existência
Sem risos festivais, sem crenças de futuro,
Tentava do passado entrar no templo escuro,
Fitando a torva aurora de minha adolescência.

Volvi meu passo incerto à solidão do campo,          5
Lá onde não penetra o estrepitar do mundo;
Lá onde doira a luz o báratro profundo,
E a pálida lanterna acende o pirilampo.

E vi airosa erguer-se, por sobre a mole alfombra,
De uma roseira agreste a mais brilhante filha!          10
De púrpura e perfumes — a ignota maravilha,
Sentindo-se formosa, fugia à meiga sombra!

Ai, louca! Procurando o sol que abrasa tudo
Gazil se desatava à beira do caminho;
E o sol, ébrio de amor, no férvido carinho          15
Crestava-lhe o matiz do colo de veludo!

A flor dizia exausta à viração perdida:
"Ah! minha doce amiga abranda o ardor do raio!
Não vês? Jovem e bela eu sinto que desmaio
E em breve rolarei no solo já sem vida!          20

"Ao casto peito uni a abelha em mil delírios
Sedenta de esplendor, vaidosa de meu brilho;
E agora embalde invejo o viço do junquilho,
E agora embalde imploro a candidez dos lírios!

"Só me resta morrer! Ditosa a borboleta                    25
Que agita as áureas asas e paira sobre a fonte;
Na onda perfumosa embebe a linda fronte
E goza almo frescor na balsa predileta!"

E a viração passou. E a flor abandonada
Ao sol tentou velar a face amortecida;                     30
Mas do cálix gentil a pétala ressequida
Sobre a espiral de olores rolou no pó da estrada!

Assim da juventude se rasga o flóreo véu
E do talento a estátua no pedestal vacila;
Assim da mente esvai-se a ideia que cintila                35
E apenas resta ao crente — extremo asilo — o céu!

———

NOTAS

Epígrafe:
Versos do canto V do poema *Camões*, de João Baptista de Almeida
Garrett (1799-1854), impresso originalmente em Paris, em 1825, e revisto
e ampliado pelo autor, em edições sucessivas, até sua morte em 1854.

Glossário:
torva (verso 4): sinistra, assustadora
báratro (7): abismo
airosa (9): graciosa
alfombra (9): relva, relvado
ignota (11): que não é conhecida ou notada

gazil (14): graciosa
crestar (16): queimar levemente
viração (17): brisa
junquilho (23): tipo de planta ornamental
almo (28): benéfico, nutridor
cálix (31): cálice
olores (32): perfumes

Comentário:

"A rosa" retoma um tema presente em outros poemas de *Nebulosas*: a passagem do tempo e a perda do viço da juventude, figuradas aqui na vida breve de uma rosa. O tom da abertura é marcadamente solene e reflexivo, e suas imagens denotam um estado de espírito sombrio: "trevas da existência" (v. 1), "sem risos [...] sem crenças" (v. 2), "templo escuro" (v. 3), "torva aurora" (v. 4).

A primeira e a segunda estrofes funcionam como uma espécie de moldura para o episódio central da rosa, cuja trajetória fornece a matéria para a reflexão do poema. Seu enredo é sumário: uma rosa, sentindo-se no auge de seu frescor e beleza, "fugia à meiga sombra" (v. 12) e expunha-se demasiado ao "sol que abrasa tudo" (v. 13). A certa altura, "exausta", pede ao vento que passa (a "viração perdida", v. 17) que abrande "o ardor" (v. 18) dos raios solares. Dois versos na estrofe 5 reiteram a necessidade do pedido: "Não vês? Jovem e bela eu sinto que desmaio/ E em breve rolarei no solo já sem vida!" (vv. 19-20). Entretanto, o vento nada pode fazer ("a viração passou", v. 29). A "flor abandonada/ Ao sol tentou velar a face amortecida" (vv. 29-30), mas em vão: já não adianta proteger-se. Ressecada, só lhe resta rolar "no pó da estrada!" (v. 32).

A última estrofe extrai dessa pequena fábula um alerta: a juventude e sua beleza são passageiras. Assim como a bela rosa perece sob o excesso dos raios solares, também o véu florido ("o flóreo véu", v. 33) da "juventude" (v. 33) se rasga. Assim também "da mente esvai-se a ideia que cintila" (v. 35). Mas não se trata apenas de juventude e beleza. Com este último verso, e outro anterior ("Do talento a estátua no pedestal vacila", v. 34), o poema parece dizer que, junto com os sonhos da juventude que se desfazem, é também a confiança no próprio talento e a crença no futuro que caem por terra.

Neste poema, o verso final afirma que ao "crente" resta apenas "extremo asilo — o céu!" (v. 36). Já em outros, como "Por que sou forte" (p. 299), por exemplo, a poeta encontra dentro de si mesma, no fundo de sua alma, as energias que a tornam "de novo forte para a luta".

# AVE-MARIA

Sobre uma página de Lamartine

*Ma l'aere imbruna, e il bronzo della sera*
*C'invita alla preghiera.*

*Il Guarany*

O rei do dia vacilante, incerto,
Abandona seu carro de vitória,
E reclinado em rúbida alcatifa
Adormece no tálamo da glória!
A cortina de nuvens cambiantes                        5
Guarda o róseo vestígio de seus passos;
À imensidão em luz a terra em sombra,
Prendem milhares de purpúreos laços!

Como esplêndida lâmpada de ouro
Do crepúsculo suspensa à fronte nua,                  10
Ondula lá na fímbria do horizonte
De palor ideal cingida — a lua!
A catadupa flácida dos raios,
Repousa sonolenta sobre a relva,
E o negro véu que cai sobre a campina                 15
Mais densa torna a negridão da selva!

A natureza envolve-se nesta hora
Em faixas siderais de poesia,
Vendo sumir-se o resplendor divino,
Vendo cair da noite a lousa fria!                     20
E murmurando a colossal estrofe
De um poema de célica linguagem,
Ao Criador que o sol formou da treva
Oferece a magnífica homenagem!

Eis o imenso holocausto do universo 25
Da terra a vastidão tendo por — ara!
Por dossel — a safira do infinito!
Por círio — os mundos que o Senhor aclara!...
Os flocos purpurinos que vagueiam
Na planície do ar, do poente à aurora, 30
São colunas de incenso que embalsamam
Os pés do Deus que a natureza adora!...

Porém é mudo o gigantesco templo!
Do céu é mudo o manto peregrino!
D'onde rebenta o celestial concerto? 35
D'onde se eleva o sacrossanto hino?
No harmônico remanso só escuto
Pulsar meu coração, ora ofegante...
A voz augusta é nossa inteligência
Que no éter flutua irradiante!... 40

Nos rubores da tarde que agoniza,
Sobre as asas balsâmicas do vento,
Nosso ser, sobranceiro à térrea urna,
— Sutil essência — sobe ao firmamento!
E prestando uma fala a cada ente, 45
Trépido eflúvio a cada flor rasteira,
— Ave de amor — para a serena súplica
Com seus trinos desperta a terra inteira!

Os páramos silentes do deserto
Parecem escutar a voz do Eterno! 50
As multidões contritas buscam ávidas
Um só fulgor de seu olhar paterno!
E Aquele que ouve os salmos das esferas,
Que contempla perene a luz do dia,
Neste instante solene, ao som dos sinos, 55
Faz subir uma prece — Ave-Maria! —

NOTAS

Rubrica:
Escritor, poeta e político francês, Alphonse de Lamartine (1790-1869) foi uma das figuras de maior relevo do Romantismo francês. Não foi possível localizar a que página do poeta Narcisa Amália se refere.

Epígrafe:
"Mas o ar escurece, e o bronze do anoitecer/ Convida à prece." Versos da ópera *Il Guarany* (1870), do compositor brasileiro Antônio Carlos Gomes (1836-1896), com libreto em italiano de Antonio Scalvini e Carlo D'Ormeville.

Glossário:
rúbida (verso 3): rubra
alcatifa (3): tapete espesso e macio
tálamo (4): receptáculo das plantas; em sentido figurado, leito
fímbria (11): a extremidade inferior de um manto
palor (12): palidez, lividez
catadupa (13): cachoeira, catarata
lousa (20): pedra que cobre a sepultura
célica (22): celeste
holocausto (25): expiação, sacrifício
ara (26): altar
dossel (27): cobertura
círio (28): no catolicismo, longa vela de uso ritual
éter (40): o espaço celeste
trépido (46): temeroso
eflúvio (46): emanação sutil, perfume
trinos (48): trinados, cantos
páramo (49): campo deserto e elevado; por extensão, o firmamento
silente (49): silencioso
contrita (51): arrependida
salmo (53): canto religioso

Comentário:
O fim da tarde, marcando a transição entre o dia e a noite, é um momento de pausa e introspecção. Nos países de tradição cristã, ele costumava ser associado à oração da "Ave-Maria", proferida ao fim do dia como

agradecimento pela jornada, mas também como preparação para a noite. Ao longo do século XIX, ele foi extensamente representado na pintura, na música e na literatura.

O poema de Narcisa Amália principia retratando, em tom majestoso, o pôr do sol ("O rei do dia vacilante, incerto,/ Abandona seu carro de vitória", vv. 1-2). A lua surge na segunda estrofe como uma "esplêndida lâmpada de ouro" (v. 9), ao mesmo tempo que se aprofunda a escuridão da noite ("o negro véu que cai sobre a campina", v. 15).

De certo modo, este é o momento que a poeta estava à espreita para captar e cantar, pois, como diz o poema, "A natureza envolve-se nesta hora/ Em faixas siderais de poesia" (vv. 17-8) — e todo o "universo" (v. 25) parece participar de um imenso ritual religioso, tendo a terra por altar ("ara", v. 26). A estrofe 5, entretanto, traz uma surpresa. A constatação de que o "gigantesco templo" (v. 33) do cosmos é mudo! De onde provêm então "o celestial concerto" (v. 35), "o sacrossanto hino" (v. 36), indaga a poeta, que, a rigor, só escuta o "pulsar" de seu próprio coração "ofegante" (v. 38).

A resposta do poema é ousada: "A voz augusta é nossa inteligência/ Que no éter flutua irradiante!...." (vv. 39-40). Ou seja, a poeta nos diz que é o humano que aqui se eleva, entra em comunhão com a natureza e com as potências celestiais, e "desperta a terra inteira!" (v. 48).

"Ave-Maria" dá mostras da originalidade de visão de mundo de Narcisa Amália, que, ao explorar um tema bastante trabalhado pelo Romantismo, dota-o de um ponto de vista próprio sobre o que pode ser a conexão espiritual entre o humano, o natural e o divino.

# OS DOIS TROFÉUS

*Victor Hugo*

Tem visto, ó povo, esta época
Teus trabalhos sobre-humanos,
Viu-te altivo ante os tiranos
Calcar a Europa assombrada;
Criando tronos hercúleos,                   5
Despedaçando áureos cetros,
Das coroas — vis espectros —
Mostraste o potente nada!

Em cada passo titânico
Semeavas mil ideias;                        10
Marchavas: iam-se as peias
Que o torvo orbe prendiam;
Tuas falanges incólumes
Eram vagas do progresso:
Transbordadas de arremesso                  15
De cimo a cimo s'erguiam!

Vias a deusa da glória
Cingir-te a fronte de louros;
Derramavam-se tesouros
De luz, por onde passavas!                  20
E a Revolução flamívoma
Arremessava à Alemanha
Danton; a quem, sobre a Espanha,
Com Voltaire triunfavas!

Como ante os filhos da Helíade,
Curvou-se o mundo aos franceses;
Soberbo em frente aos revezes,
O crime caiu-te às plantas!
As trevas da Idade Média,
A pira do Santo Ofício,
O inferno, o erro, e o vício,
Com um lampejo quebrantas!

De teus esplendores límpidos
Estava a terra juncada;
Fugia a noite assustada
Ao reboar de teus passos!
Enquanto a senda estelífera
Trilhavas, ébrio de crenças,
Da história as folhas imensas
Prendiam-te entre seus laços!...

Cem vezes pairando impávido
Nos campos que o sol descerra,
Curvaste a face da terra
A um teu aceno arrogante;
Do Tejo, do Elba a vitória
Ao Nilo, ao Ad'ge corria,
E o povo titã jungia
O mesmo chefe gigante.

E os dois monumentos típicos
Daí surgiram um dia:
A coluna — ingente e fria,
O arco — poema ousado!
Ambos, ó povo, são símbolos
De teu poder infinito:
Um talhado de granito,
Outro de bronze amassado!...

São dois fantasmas terríficos
Dos passados esplendores;
D'outra idade vingadores
Se os vê, a Europa estremece! 60
Por eles velando túmido
Nosso amor, sempre sombrio,
Nas almas acende o brio
Quando o vigor lhe falece!

Se nos ultrajam estólidos 65
Ei-los aí, testemunhos,
Do valor de nossos punhos,
Nos acenando à vingança;
No metal, no altivo mármore,
Tentamos dos veteranos 70
Ver os sábios, livres planos,
A nobre perseverança.

Na hora da queda hórrida
Mais vivo o orgulho cintila;
Aumenta a palma que oscila 75
O refulgir dos troféus;
As almas no fogo vívido
Acendem a sacra chama,
E o povo em luta rebrama
No estrugir dos escarcéus! 80

Outrora a falange célere
Passava em pleno lampejo;
Como um cavo, longo arpejo
Rolava o trovão nos montes!
Desses peitos magnânimos 85
Que resta? O trabalho ingente
Que à mocidade indolente
Mostra os negros horizontes!

As raças de hoje, mais pálidas
Que os finados de outras eras,                    90
Dessas virtudes austeras
Nem mesmo a imagem possuem!...
E se eles tremem nos túmulos,
É teu alvião que soa,
Tua bomba que reboa                               95
Contra os portentos que aluem!...

\* \* \*

Horríveis dias são próximos,
Que sinais aterradores!
Clamam — basta! — os pensadores
Como Lear à procela!                              100
Não pode morrer um século
Sem que um outro além desponte;
Do porvir — no germe insonte —
Quem ousa manchar a tela?

Oh, vertigem! Paris fúlgida                       105
Nem sabe quem mais a esmaga!
Se um poder que tudo estraga,
Se outro que tudo fulmina!...
Assim lá no Saara tórrido
Lutam contrárias tormentas,                       110
Vibrando às ondas poentas
Do raio a chama divina!

Erram, ó povo, esses báratros!
O firmamento que freme,
O rijo solo que treme,                            115
Conjuntamente censuro!
Esses poderes coléricos
Cuja sanha cresce ignara,

Um tem a lei que o ampara,
Outro o direito e o futuro!...                    120

Tem Versalhes — a paróquia,
Paris ostenta — a comuna;
Mas, além dessa coluna
Desata a França seu manto!
Quando devem verter lágrimas                       125
É justo que se devorem,
Sem que a desdita deplorem,
Sem que vertam negro pranto?!...

Fratricidas! Gemem férvidos
Canhões, morteiros, metralha;                      130
Além o vândalo espalha
Do inferno às fúrias revéis!
Aqui, campeia Caribde,
Lá, Cila avulta arrojado!...
De teu fulgor ofuscado,                            135
Ó povo, vão-se os lauréis!...

Ai! nestes tempos infaustos
Em que inglórios vivemos,
Dois fortes domínios vemos
Estranhamente rivais!                              140
Um toma ao arco marmóreo,
Outro a pilastra imponente;
E o malho, e o obus fremente
Tornam-se forças fatais!

Mas, vede: é a França exânime                      145
Que esses colossos sustentam!
Nosso valor representam
Embora aí Bonaparte!
Sim, franceses, se frenéticos

Derribamos essa herança,  150
Que restará da provança?
Onde as honras do estandarte?!...

Se o senhor condena indômito,
Mais forte o povo aparece;
Nobre a Esparta resplandece  155
Através do despotismo!
Abatei de um golpe a árvore,
Mas respeitai a floresta:
Quando chora a pátria mesta
Mais belo fulge o heroísmo!  160

E tantas almas intrépidas
Nas espirais balouçadas,
Enchem naus almirantadas,
Fossos, pauis, e campinas;
Franqueiam muralhas sólidas,  165
Longas pontes, torres altas,
Saudando o porvir que assaltas
Com mil armas peregrinas.

Em vez de César grandíloquo
Colocai, justiça, Roma;  170
Ver-se-á que vulto assoma
Nesse cimo sobranceiro!
Condensai nesta pirâmide
A turba infrene, compacta;
Que o direito a estátua abata  175
Do assombro do mundo inteiro!

E que este gigante estrênuo,
O — Povo — aclarando a estrada,
Tenha na mão uma espada,
De auroras cingido o busto;  180

Respeito ao soldado arbitro!...
A seus pés o ódio expira!
Do vingador da mentira
Nada iguala o talhe augusto!

Surge — Oitenta e Nove — atlético          185
Ganhando vinte batalhas!
Marselhesa, és tu que espalhas
Medo e assombro à velha idade!...
Se o granito aqui ostenta-se,
O bronze avulta em rugidos,          190
E dos troféus reunidos
Salta um grito: — liberdade!...

\* \* \*

Quê! com nossas mãos alígeras
Da pátria o seio rasgamos,
E o duplo altar laceramos          195
Pelos teutões invejado!?
Pois quê! nos padrões egrégios
A multidão delirante
Ceva a clava flamejante,
Agita o facho abrasado!?          200

É aos nossos golpes válidos
Que a franca glória vacila;
Seus louros virgens mutila
Nossa maça ensanguentada!
E sempre a esfinge da Prússia!          205
Que horror! A quem foi vendida,
Ai! pobre pátria perdida,
Tua invencível espada?...

261

Sim! foi por ela que inânime
De Ham o nome caíra;                                   210
Ante a Reichshoffen expira
De Wagram o grito ovante!
Riscado Marengo ínclito
Waterloo apenas resta...
E sob a folha funesta                                  215
Rasga-se a lenda brilhante!...

Uma bandeira teutônica
Enluta nosso horizonte;
Sedan enegrece a fronte
Que a Austerlitz deu renome!                           220
Vergonha! A rajada frêmita
É Mac-Mahon que vibra;
Forbach a Iena equilibra,
E o fogo as glórias consome!

Onde os Bicêtres, ó Gália?                              225
Os Charentons denodados?
Dormem os grandes soldados
Em teu leito de Procustos.
De Coburgo, de Brunopolis,
Onde estão os vencedores                               230
Com seus sabres vingadores,
Correndo areais adustos?!...

Rasgar da história uma página
Não é um crime inaudito?
Não será negro delito                                  235
Manchar vultos que tombaram?
Sufocar a voz dos mártires
Que nunca clamaram — basta —
E sempre de fronte casta
Papas e reis cativaram?                                240

\* \* \*

Ai! após tantas misérias
Mais este golpe cruento!
Este delírio sedento
Que na paz mesmo abre chagas!
E tantos combates trágicos!...             245
Com Estrasburgo queimada,
Com Paris atraiçoada,
Que valem hoje estas plagas?!...

Se da Prússia o orgulho frívolo
Vendo seu negro estandarte              250
Vencedor por toda a parte,
Com Paris a suas plantas,
Nos clamasse: "Quero rápida
A vossa glória obumbrada:
Abaixo a pilastra ousada               255
Com que aos orbes espantas!

Abaixo esse arco insigne
— Emblema do império falso! —
Quero aqui — um cadafalso,
Ali — obuses em linha;                 260
Contra um — fogo mortífero,
Canhão, bombarda, escopeta;
Contra outro — a picareta!
Cumpri: a ordem é minha."

Que vulto erguera-se esquálido           265
Bradando às turbas "soframos"?!
Oh! nunca, à morte corramos!
Lutemos, que o insulto é novo!
Qu'importa mais cruas mágoas?

263

Qu'importa um revés de mais?
Curvar-nos? Jamais! Jamais!
— E vós o fizeste, ó povo!...

270

---

NOTAS

Glossário:
peia (verso 11): corda com que se prende o pé de um animal
torvo (12): sinistro, assustador
orbe (12): nação
falange (13): tropa
vagas (14): ondas
flamívoma (21): chamejante
Danton (23): o político Georges Jacques Danton (1759-1794), um dos
líderes da Revolução Francesa
Voltaire (24): o filósofo iluminista François-Marie Arouet (1694-1778)
Helíade (25): Grécia
às plantas (28): aos pés
Santo Ofício (30): Tribunal do Santo Ofício, instituição católica que
perseguiu e puniu os condenados de heresia
juncada (34): revestida, pavimentada
estelífera (37): estrelada
Ad'ge (46): o rio Ádige, localizado no nordeste da Itália
jungir (47): subjugar pela força
ingente (51): muito grande
terrífico (57): aterrorizante
túmido (61): inchado, saliente
estólido (65): tolo
palma (75): vitória, triunfo
escarcéus (80): tumultos
cavo (83): rouco
alvião (94): ferramenta semelhante à enxada
portento (96): maravilha, prodígio
aluir (96): oscilar, abalar-se

264

Lear (100): protagonista da tragédia *Rei Lear* (1606), de Shakespeare
procela (100): tormenta, tumulto
insonte (103): inocente
fúlgida (105): fulgente, resplandecente
poenta (111): feita de pó
báratro (113): abismo; na Grécia antiga, penhasco de onde eram
  arremessados os criminosos
ignara (118): ignorante, estúpida
fúrias (132): na mitologia grega, divindades infernais que atormentam os
  condenados
revel (132): esquivo, arredio
campear (133): percorrer o campo; acampar
Caribde e Cila (133 e 134): monstros marinhos da mitologia grega
laurel (136): símbolo de honra e poder
infausto (137): desventurado
malho (143): grande martelo usado para bater ferro
obus (143): peça de artilharia semelhante ao morteiro
provança (151): provação
mesta (159): triste, que causa tristeza
pauis (164): plural de paul (pântano)
franquear (165): facilitar a entrada
grandíloquo (169): grandiloquente
infrene (174): incontido
estrênuo (177): destemido
Marselhesa (187): hino nacional da França composto em 1792
alígera (193): veloz
egrégio (197): distinto, eminente
cevar (199): incentivar
maça (204): clava, arma de combate
Ham (210): fortaleza onde Napoleão III esteve preso entre 1848 e 1851
Reichshoffen (211): batalha em que o general francês Mac-Mahon foi
  vencido pelas tropas prussianas em 1870
Wagram e Marengo (212 e 213): batalhas vencidas por Napoleão contra
  o exército austríaco no início dos anos 1800
Waterloo (214): batalha ocorrida em 1815 em que os exércitos inglês e
  prussiano derrotaram definitivamente Napoleão
ovante (212): triunfante
ínclito (213): ilustre, eminente
Sedan (219): batalha em que Napoleão III foi derrotado pelo exército
  prussiano em 1870

Austerlitz (220): batalha vencida por Napoleão contra os exércitos do
Império Russo e do Sacro Império Romano-Germânico em 1806
Forbach (223): batalha em que Napoleão III foi derrotado pelo exército
prussiano em 1870
Iena (223): batalha em que Napoleão venceu o exército prussiano em
1806
Gália (225): antigo nome da França
Charentons e Bicêtres (225 e 226): referência aos heróis franceses que
estiveram detidos nestas duas prisões próximas a Paris
denodados (226): valorosos
leito de Procustos (228): metáfora que, com base num mito grego,
representa a imposição arbitrária de padrões
Coburgo e Brunopolis (229): ducados germânicos (Brunopolis é o nome
latinizado de Brunswick)
adusto (232): abrasado
cativar (240): capturar, tornar prisioneiro
obumbrada (254): nublada
insigne (257): ilustre

Comentário:
A tradução é uma prática comum entre poetas e foi bastante exercitada durante o Romantismo, quando um poeta podia incorporar em sua obra traduções ou versos de poetas de sua predileção, ou, ainda, escrever poemas "à maneira de" um autor que admirava. Narcisa Amália decidiu terminar seu livro com uma tradução, bastante pessoal, de um poema de um dos escritores mais renomados do século XIX, o francês Victor Hugo (1802-1885), cujos versos também servem de epígrafe a outros poemas de *Nebulosas* ("Miragem", "Lembras-te?" e "Vem!").

Os dois "troféus" mencionados no título são o Arco do Triunfo e a coluna da Place Vendôme, dois monumentos erguidos em Paris, na França, por ordem do imperador Napoleão Bonaparte, comemorando a vitória das forças francesas na batalha de Austerlitz, em 1805.

Victor Hugo escreveu "Les Deux trophées" em 1871 — e o incluiu no livro *L'Année terrible* (O ano terrível), publicado no ano seguinte, portanto, contemporâneo de *Nebulosas* —, quando a França se encontrava convulsionada por duas forças contrárias, indicadas nestes versos: "Um tem a lei que o ampara,/ Outro o direito e o futuro!...// Tem Versalhes — a paróquia/ Paris ostenta — a comuna" (vv. 119-22).

Nessa passagem, Versalhes evoca a tradição monárquica, a ordem estabelecida e as instituições do poder centralizado, associadas aqui ao clero e à "lei que o ampara". Do outro lado, Paris está associada ao movimento popular dos trabalhadores que ocupou a capital francesa de março a maio de 1871, conhecido como a Comuna de Paris. Para esses revoltosos, a coluna da Place Vendôme era "um monumento de barbárie, um símbolo da força bruta e da falsa glória, uma afirmação do militarismo, uma negação do direito internacional, um insulto permanente dos vencedores aos vencidos", e um ataque aos três grandes princípios da República Francesa — Liberdade, Igualdade e Fraternidade. Assim, os participantes da Comuna, num gesto revolucionário, demoliram a coluna.

Os dois monumentos são citados mais de uma vez ao longo do texto, mas não são eles, no fim das contas, o mais importante. O verdadeiro motor do poema é o "povo", a quem o poeta se dirige já na primeira linha: "Tem visto, ó povo, esta época/ Teus trabalhos sobre-humanos" (vv. 1-2). É esse "povo" que garantiu a unidade da França por sobre todos os conflitos e que elevou seu nome perante o resto do mundo, como, no passado, ocorrera com os gregos ("Como ante os filhos da Helíade/ Curvou-se o mundo aos franceses", vv. 25-6). O "povo" é o portador do "progresso" ("Tuas falanges incólumes/ Eram vagas do progresso", vv. 13-4). Ele ilumina o mundo e expulsa as superstições: "As trevas da Idade Média,/ A pira do Santo Ofício,/ O inferno, o erro, e o vício,/ Com um lampejo quebrantas!" (vv. 29-32).

Que o poema celebra o esforço anônimo e coletivo, muito mais do que o gesto individualizado de figuras célebres, fica claro, por exemplo, nestes versos: "é a França exânime/ Que esses colossos sustentam!/ Nosso valor representam/ Embora aí Bonaparte!" (vv. 145-8) — ou seja, o imperador, nesse caso, é secundário. Ou nestes outros, belamente vertidos por Narcisa Amália ao português: "Se o senhor condena indômito,/ Mais forte o povo aparece;/ [...]/ Abatei de um golpe a árvore,/ Mas respeitai a floresta" (vv. 153-8).

A concepção expressa em "Os dois troféus" de que, na história de um país, o povo é o soberano, e não seus monarcas, coincide com as convicções democráticas de Narcisa, e essa foi, provavelmente, a razão principal para que ela decidisse concluir seu livro com o poema de Hugo.

Mas há outros aspectos a considerar. Em primeiro lugar, o Brasil vivia um período de fortes tensões internas, com desafios para a modernização de sua economia, e mobilizações crescentes em prol da abolição da escravatura e da transição do regime monárquico para o republicano. Nesse sentido, traduzir e publicar "Os dois troféus" — que trata das lutas históricas do povo francês e faz uma reflexão sobre o poder, a glória e os ciclos nacionais — era também uma forma de chamar a atenção do nosso país para a importância do momento que atravessava e enfatizar a importância das energias populares na construção de uma nação livre.

Em segundo lugar, verter para o português o poema de Victor Hugo — então um dos escritores mais destacados do mundo, poeta da predileção de Castro Alves, entre os brasileiros, aquele com quem Narcisa tinha mais afinidades — era também uma maneira de participar de sua voz e, no limite, de tomar posse dela. O que se vê, portanto, na conclusão de *Nebulosas*, é a jovem poeta Narcisa Amália, com vinte anos de idade, escolhendo fazer parte da comunidade dos espíritos mais elevados e combativos de seu tempo.

# APÊNDICES

# PREFÁCIO

*Pessanha Póvoa*[1]

## I

> *Jura dicturi estis.* (Ditareis a lei.)
>
> T. L.

É uma lição digna de se imitar, embora perdida no vasto recinto da ignorância, a publicação de um livro.

Um dos nossos folhetinistas já liquidou a causa do marasmo literário, qualificando de indiferença esse torpor que envelhece uma nova sociedade — *Artes e Letras*, "Reforma de 1870".

Denuncia essa peste o nosso primeiro escritor, José de Alencar.

Somos de ontem, ainda não temos a nossa história antiga, e vivemos sob o império do desânimo.

Quando em uma nação, as artes, as letras, as ciências cumprem o inglório destino da planta que nasce, vive e morre dos abismos de um subterrâneo, ou o do mendigo na festa do opulento, e representam o papel humilde de uma nave arruinada, de um campanário sumido nas heras, entre os suntuosos palácios da cidade vaidosa, essa nação tem chegado ao seu último grau de decadência. Nessa hora triunfam os

---

[1] Prefácio à primeira edição de *Nebulosas*, Rio de Janeiro, Garnier, 1872. José Joaquim Pessanha Póvoa (1836-1904) foi um advogado, jornalista, escritor e político nascido em São João da Barra, RJ.

analfabetos, os mercadores de escândalos, os demolidores de tudo quanto é nobre e principalmente do que constitui o orgulho de um país — a sua glória literária.

Profundando o coração do povo, Addison, Balzac, La Bruyère, La Rochefoucauld e outros quiseram explicar a ingratidão do público, esse equívoco soberano de todas as idades, o qual, nem Buffon, nem os modernos naturalistas e escritores políticos classificaram e definiram.

O público de hoje, como o de todos os tempos, sevandija a virtude e ajoelha ao vício; proscreve o crime e deifica a probidade.

O público! é uma torre de ventos.

> — Vemos os bons descaídos
> E os maus mui levantados,
> Virtuosos desvalidos,
> Os sem virtude cabidos
> Por meios falsificados.

> — Vemos honrar lisonjeiros
> E folgar com murmurar,
> E caber mexeriqueiros;
> Os mentirosos medrar
> Desmedrar os verdadeiros.

Garcia de Resende

Assim foi, começou com o mundo, não o podemos reformar.

## II

O desenvolvimento intelectual da humanidade, os períodos de harmonia entre as raças e as descobertas do espírito humano, todos esses autênticos monumentos das vítimas pacíficas do talento, falam e atestam a influência da literatura sobre a forma poética e política.

Quer se investigue a fenomenologia da consciência, quer os atos da inteligência, quer as formas abstratas e subjetivas do pensamento nas suas periódicas revoluções do mundo ontológico, acharemos a poesia exercendo a sua legítima influência.

Percorrendo-se a idade de oposição, de variedade; analisando-se as épocas da formação dos caracteres escritos, da linguagem e a nova união de coisas, da moral social, da felicidade doméstica, da harmonia com as ciências, com as artes, com a religião, nós reconhecemos que a poesia tem uma ação eficaz, refletida, que preside a todo o constitutivo orgânico das épocas e do povo, noção esta que nos está ensinando a filosofia da história e o Direito Natural.

Confessemos: — Um livro de versos é uma lição. Ariosto, Dante, Tasso, Cervantes, Lope de Vega, Martínez, Racine, Béranger e Hugo, Opitz, Wieland, Goethe, Pope, Dryden, Shakespeare, Byron, Camões, Ferreira, Bocage, Basílio da Gama, Gregório de Matos, Magalhães, formam o concílio ecumênico da poesia, donde vieram até nós, não os dogmas, não as contradições e ultrajes à razão, mas os aforismos que constituem o código da humanidade.

O livro de versos tem sido lição aos reis; a palavra de ordem dos povos civilizados, órbita ao redor da qual o mundo gira.

A poesia pode dizer:

— Eu ilumino a história!

— O que ela oculta, eu denuncio!

— Eu levanto do túmulo os heróis; vingo os mártires; puno os traidores.

— Eu sou a glória — *o sol dos mortos*!

> Que o diga a eternidade, e que conteste
> O tempo, a terra, a humanidade inteira.

A minha rival, a arte, poderia dizer:

— Sou uma cidadã dos séculos futuros!

— Eu a antecedi; eu a hei de exceder.

— Fui o gênio de todos os cultos, de todas as seitas.

— Servi ao ódio, à inveja; servi mais à caridade, ao entusiasmo, ao direito, à verdade, à justiça.

A China.

> "O murado redil, a terra impérvia,
> Retraída dos povos pelo orgulho
> Do bonzo mercenário, avesso à cruz",

foi o meu feudo.

> — "Ásia! que encerras da natura os dotes
> E do mundo moral a — "prisca origem,
> Desde a plaga da luz, mãe da palmeira,
> Té a noite polar, que alenta o pinho,
> Soe o teu nome para glória eterna" —
> Em teu seio vivi, deixei-te opressa,
> Punida no castigo de teus sonhos.

III

Presentemente a poesia que ideia social aduz ou combate?

Que lei moral ataca ou defende?

Vivemos, como outros povos, de uma poesia emérita?

Há ganhadores, assalariados, mercenários venais como esses que se alugam à política, imbecis que fingem ignorar que sempre se depende da mão que paga?

Não sabem que o seu apostolado é um charlatanismo criminoso, um roubo organizado que exercem contra a dignidade dos escritores honestos, dos literatos, dos homens de letras, únicos sacrificados neste país?!

Pregando a vilania dos sentimentos, negam aos outros o que não possuem, embora se lhes grite:

— O que se aluga VENDE-SE!

## IV

Creio nos esforços da literatura contemporânea.

Cada povo tem faculdades primitivas e necessidades particulares. As ideias arraigadas nos hábitos desse povo não cedem seu império senão depois de combates porfiados e lutas sanguinolentas. É por isso que ante as conveniências da política e as necessidades da indústria a poesia não se justifica.

Eu sei que a rotina, economicamente falando, tem a sua justificação; portanto anistiemos desta batalha a indústria e digamos porque é oposta à política.

Tem o seu fundamento histórico sem ter o racional, a demonstração.

A política tem sido e continuará a ser, em muitos casos, e em muitos países, a arte e a ciência dos nulos e perversos.

Luís XI, apesar dos seus oficiosos biógrafos, é um cínico; Voltaire, Montaigne e Montesquieu, por orgulho político, quiseram explicar os dogmas e os segredos das instituições. Tudo confundiram. Talleyrand foi mais célebre pela hipocrisia que pelo seu gênio. Ele, outros, e muitos, e nesse número alguns dos nossos pretensos estadistas que fazem praça de muito sagazes, são desdenhados. Voltaire-político é um intrigante inepto; mas o poeta da solidão de Ferney era um castigo dos déspotas.

Rousseau é admirado unicamente naquelas obras em que o filósofo ou o político é vencido pelo poeta.

Entremos ou penetremos a nossa lareira.

Atados à galé da política, vemos Pedro Luiz e Bittencourt Sampaio, náufragos, mar em fora, ludibriados pelas mesmas ondas que dali os arrancaram.

Como a imagem da — Esperança — nas lendas pagãs, José de Alencar tem um braço no céu e outro na terra.

Teimam e insistem, lutam e sustentam um dia artificial em plena escuridão, Joaquim Serra, Celso Magalhães, Salvador, Menezes, C. Ferreira e F. Távora.

Agora vem Narcisa Amália.

Contra estes vejo uns fabricantes de autômatos, arreados de lodo, cheios de ignorância, que nos detestam e nos perseguem.

Sim; eu creio nos esforços da literatura, nos resultados eficazes da poesia.

O lirismo, que tem sido a feição predominante da infância de todos os povos, não batizou o nosso berço de nação livre, mas nos acompanhou nos jubilosos dias da conquista da nossa autonomia nacional.

A poesia lírica brasileira teve entre nós bons e poucos representantes. Ocupou o primeiro lugar Gonçalves Dias, o poeta cosmopolita; é seu continuador, com muita inferioridade, Teixeira e Souza, a quem devemos muito como romancista; pouco, como poeta lírico.

Já levantou uma estátua a Gonçalves Dias a sua província natal; deve, a do Rio Grande, ao cantor do *Colombo*, e a do Rio de Janeiro, ao cantor dos *Tamoios*.

Se ainda este povo for suscetível de raciocínio, tenho fé de que o José Basílio merecerá qualquer memória de pedra ou um poema de bronze.

O assunto do poeta no poema — *Uraguai* — é a guerra que a Espanha e Portugal tiveram de sustentar contra os índios de Missões porque, por um tratado celebrado a 16 de janeiro de 1750 entre as duas nações, ficavam pertencendo a Portugal as terras que os jesuítas possuíam na parte oriental do Uruguai. Estes incitam os índios a resistir. Espanha e Portugal mandam suas tropas combatê-los; Gomes Freire de Andrade comanda o exército português.

Outros trabalhos de José Basílio, que ainda valem hoje prêmios que ele não teve, o recomendam à gratidão nacional, porque ele nos traçou a figura do jesuíta daquela e desta época, e feriu o despotismo até onde a sua imaginação lhe ofereceu armas.

Teixeira e Souza, já por mim quase esquecido neste momento; todo esquecido da pátria que o deixou por muito tempo mendigar, ensaiou a épica no seu poema *A Independência do Brasil*. Magalhães é o épico dramático, o formador ou criador da nossa literatura.

Não venham, amanhã, os alcaides das letras perguntar-me se Joaquim Manuel de Macedo, Alencar e outros não são literatos, não fazem literatura. Há tanta ignorância, que nem por estar pesado e medido pelo dr. Moreira de Azevedo o nosso período literário, tenho visto inverter-se o que os meninos já decoraram nas aulas.

Magalhães criou a literatura; Porto Alegre a desenvolveu, Macedo a propagou, Alencar corrigiu-os fazendo a crítica e formando a mais completa literatura, dando os últimos toques nas grandes telas daqueles mestres e apagando os borrões.

Falava dos poetas líricos.

Mais enérgico nas imagens e muitas vezes de mais elevação, foi Casimiro de Abreu.

Álvares de Azevedo foi o cantor da morte; foi um gênio.

Bernardo Guimarães, bucólico, elegíaco, lírico, decidiu-se por uma forma, uma escola mais preferida entre todos os literatos.

A poesia épica tem tido poucos representantes. Conheço alguns ensaios, e boa promessa considero o *Riachuelo* de Pereira Silva, outro de Zeferino, e alguns fragmentos, os quais não são a Epopeia da Guerra.

A poesia dramática tem poucos cultivadores. O criador do teatro moderno queimou as *Asas de um anjo*; Pinheiro Guimarães discute sobre eleições, e preleciona na cadeira de medicina; Varejão não é mais o Aquiles; Machado de Assis casou-se; França Júnior é um cofre; Joaquim Serra não foi mais a Roma; Sizenando Nabuco está envolto na sua túnica; Joaquim Pires não faz mais demônios; Menezes adormeceu à sombra da mancenilha; Salvador espera o outro — Bobo —, e José Tito faz *Charadas políticas*.

> — Como as vozes do mar num canto d'Ossian
> Poucas vezes os ouço — passam longe.

Não precisamos de imaginações sonhadoras e místicas como os poetas do Oriente para enriquecer o teatro; há assuntos na nossa história para os dramas marítimos, militares, políticos.

Por que é que a Idade Média tem um caráter de originalidade, cuja lembrança exalta até hoje, depois de tantos séculos, a imaginação dos romancistas e dos poetas? É porque os trovadores vulgarizaram a história dos amores, das vitórias políticas, dos combates guerreiros, os sentimentos de patriotismo.

Eu ainda ignoro para que fim destina o sr. Ministro o seu Conservatório.

\* \* \*

*Erige-te!*

Narcisa Amália será a impulsora e o ornamento de uma época literária mais auspiciosa que a presente. Há de redigir os aforismos poéticos, como Aristóteles escreveu os da natureza.

Na história da nossa literatura, o seu entusiasmo moral, que é um culto do seu talento, terá uma consagração nos anais do futuro desta legião de inteligências que está celebrando as glórias do presente.

Não a conheço, mas eu imagino que em seu rosto a tristeza ocupa o lugar da alegria.

> — "A funda melancolia
> Não seguiu-a desde a infância,
> Deus não fê-la triste assim...
> Houve na sorte inconstância,
> E se perdeu a alegria,
> É de homens obra ruim." —
> . . . . . . . . . . . . . . . . . . .
> . . . . . . . . . . . . . . . . . . .

A extremosa pureza dos seus pensamentos, o pudor da sua imaginação, bem inculcam que os seus pais lhe anteciparam um tesouro no abençoado curso da sua educação, no santo respeito da família e amor da pátria.

Eu penso que o eco das suas palavras é um concerto de pesares. Ela aborrece a canalha subalterna das letras, porque há uma canalha ilustre que é mais fidalga que a nobreza de decreto; essa, ela estima e aplaude.

Narcisa Amália não é um tipo; é uma heroína.

Sênio acaba de pedir que não elogiem os seus livros de prosa.

Eu peço que julguem o livro de Narcisa Amália, livro que ilumina a grande noite da poesia brasileira.

Quando houver um Conselho de Estado ou um Senado Literário, Narcisa Amália terá as honras de Princesa das Letras.

Este livro há de produzir tristezas e alegrias. É a primeira brasileira dos nossos dias; a mais ilustrada que nós conhecemos; é a primeira poetisa desta nação.

Delfina da Cunha, Floresta Brasileira, Ermelinda da Cunha Matos, Maria de Carvalho, Beatriz Brandão, Maria

Silvana, Violante, são bonitos talentos. Narcisa Amália é um talento feio, horrível, cruel, porque mata aqueles. Foram as suas antecessoras auroras efêmeras; ela é um astro com órbita determinada.

Eu não critico, nem analiso o livro, porque vejo, todos os dias, passar o lirismo, o amor, a fantasia, a heroicidade, a glória literária e artística, como os vultos fatais nas tragédias antigas; vejo sempre em prolongado silêncio, abafados, como aqueles comprimidos gemidos do Tiradentes, quando tomou posse do seu Pedestal.

V

*Posteris tradant.*

Cantaste a Família, a Pátria e a Humanidade.

A família — pilar da pátria, a pátria — cruz dos tolos, a humanidade — loucura de Deus.

A escolha de um assunto, a do ponto de vista, em que tanto se distinguem Bossuet e Mont'Alverne, na eloquência sagrada; a escolha do momento e da extensão, que no romancista é mais desenvolvida que no historiador, vós a conheceis e praticais como nos prescrevem as regras.

A escolha das circunstâncias e dos contrastes, da topografia e seus acidentes — vejo fundidas como relevo de um escudo na descrição do Itatiaia —, onde vos admiro igual a Virgílio, quando ele descreve o repouso no meio da noite para fazer contraste com a agitação da rainha de Cartago.

Um acadêmico de São Paulo — João Cardoso de Menezes, hoje condestável da política — já esteve muito perto da vossa imaginação quando descreveu a serra do Paranapiacaba.

O Itatiaia

Ante o gigante brasíleo,
Ante a sublime grandeza
Da tropical natureza,
Das erguidas cordilheiras,
Ai, quanto me sinto tímida!
Quanto me abala o desejo
De descrever num arpejo
Essas cristas sobranceiras!

. . . . . . . . . . . . . . . . . . . . . .

Vejo aquém os vales pávidos
Que se desdobram relvosos;
Profundos, vertiginosos,
Cavam-se abismos medonhos!
Quanto precipício indômito,
Quanto mistério assombroso
Nesse seio pedregoso,
Nessa origem de mil sonhos!...

Ondulam ao longe múrmuras
Aos pés de esguios palmares,
As florestas seculares
Cingidas pela espessura;
A liana forma dédalos
Na grimpa das caneleiras,
Do cedro as vastas cimeiras
Formam dosséis de verdura.

. . . . . . . . . . . . . . . . . . . . . .
. . . . . . . . . . . . . . . . . . . . . .

As diferentes espécies de descrição poética enchem o seu
livro em vários empregos.

A topografia, em que Buffon foi um dos mais completos prosadores, tem em Narcisa Amália a melhor intérprete, na poesia.

A hipotipose impera nesta estrofe:

> Salve! montanha granítica!
> Salve! brasíleo Himalaia!
> Salve! ingente Itatiaia,
> Que escalas a imensidade!...
> Distingo-te a fronte valida,
> Vejo-te às plantas rendido,
> O meteoro incendido,
> A soberba tempestade!...

Nestes e em todos os seus versos, as figuras de palavras andam a granel, em contínuo atropelo com as do pensamento.

A acumulação, figura que desenvolve e torna mais clara e mais sensível a ideia principal; as hipérboles, que levam, às vezes, o espírito a extravagâncias, de que se ressentem Milton, Klopstock, Ossian — o rei da apóstrofe, e muitos dos nossos poetas, ocupam, em tempo apropriado, o seu lugar.

Exemplos de antíteses e epifonemas vai a sutil inteligência do leitor colhendo à medida que termina um hino, ou idílio.

Ela decora os seus pensamentos, como um carola enfeita um altar do santo de sua devoção.

As figuras de ornamento, as aposiopeses, as gradações, as alusões e as figuras de movimento e paixão se apostam e se disputam, em rivais competências, para exigir da crítica a confissão de que elas oferecem batalha.

Nesta poesia há uma admirável exuberância de tropos, e a optação — raríssima figura nos nossos livros de maior nome — tem ali a sua majestade.

Os pleonasmos e as silepses andam em todo o livro tão obedientes, como o porta-ordens de um Estado-maior.

Este volume de poesias é um Templo; — quem o penetrar há de ver — dentro — *um altar construído de lágrimas*!!

A poesia "Vinte e cinco de março" é um anátema, é uma ameaça. Não conheço muitas que estejam naquela altura.

"A Resende" — é a monografia daquele sempre lutuoso edifício que se levanta no exílio — a saudade.

Releve-me a distinta literata não ir cotejando aqui uma por uma as suas poesias.

Eu as comparo aos hinos da alvorada; um tem a afinação dos outros, o mesmo encanto, a mesma sedução; nos inebriam e nos elevam a querer compreender o sublime, tudo quanto ao céu se ergue.

Começou a poesia lírica com o homem.

É tão velha como a humanidade; entretanto é sempre nova!

Primeiro cantou Deus; depois o herói, os reis, os santos.

Os hinos, as odes sacras, os cânticos, os salmos, o *Magnificat* da Santa Virgem, esse grito do crente no meio do terror, o *Cantemus domine*, o Benedictus do Profeta, o cântico dos Anjos, o *Te-deum*, essa inspiração de Santo Ambrósio, são os brasões da poesia lírica, nenhuma outra goza dessas prerrogativas.

"Os dois troféus", que é um poema, tomou a forma de uma ode heroica, gênero mais difícil na composição lírica.

Se há um governo capaz de compreender as alusões e ironias da poetisa; se há, então as passadas injustiças serão vingadas, aquele patrimônio de brios conculcados será resgatado.

Como exemplo de ode heroica eu só conheço capaz de se aproximar a essa de Narcisa Amália, não na elevação de pensamentos, mas na rigorosa obediência ao gênero, aquela ode de Lebrun, cantando a ruína de Lisboa, destruída pelo terremoto de 1755.

Quando neste país a República Política galardoar os beneméritos da República Literária, Narcisa Amália exercerá a sua ditadura.

Tem ela cantado o amor da virtude, da glória e da pátria.

Não é descrente por moda, como foram os imitadores de Musset; não é cética como os de Goethe, é republicana como Schiller, como Félix da Cunha, e Landulfo; é intransigível como a fatalidade.

Gonçalves Crespo e Campos Carvalho, acadêmicos brasileiros em Coimbra, ao receberem este livro hão de se possuir de entusiasmo.

> Coimbra!... a mágica cidade
> Dos infortúnios de Inês,

Podia ser o trono do talento de Narcisa Amália, porque ela compreende por que angústias passou aquela mártir e pôde fazer os comentários da desgraça do príncipe e da rainha depois de morta.

Deve a autora das *Nebulosas* escrever um *Poema didático*, e se vierem açoitá-la os ventos da inveja e os mil desdéns da ignorância atrevida, deve escrever — um *Poema épico*. É a tendência da sua índole literária.

Estreou-se emancipada da poesia-*piegas*, do verso-*capadócio*, da literatura-*artesã*, que aí vivem estucando e destilando biliosas sujidades e obscenas audácias.

Há de vir a época em que o sentimento de patriotismo reivindicará os nomes desses talentos extraordinários.

Seu estilo vigoroso, fluente, acadêmico; a riqueza das rimas, tão eufônicas, tão reclamadas e necessárias ao verso lírico, suas convicções falando à alma e à imaginação, justificam a sua já precoce celebridade, confirmam a sua surpreendente e rápida aparição, precedida do respeitoso coro da crítica sincera e grave.

Há uma nota dominante em seu espírito que põe em aflitivo aconchego a dor sem consolo no lar da tristeza. Quando a sua grande alma quer se *divorciar* do seu grande coração — ambos se petrificam.

Não sabe fingir, nem falsificar.

Em seus versos se conhece que ela é indiferente aos nossos capitais, às nossas fortunas e riquezas, e lhe causa tédio tudo quanto a rodeia.

A fé — que *aplanou os abismos*; a crença que *aplanou as montanhas*, vivem em seu espírito. Fé nas conquistas do talento; crença em seus esforços para encaminhar a sua timidez até a hora de a transformar num poder.

Tem o seu livro imagens novas, figuras pomposas que pedem nova retórica e que se invente nova *Poética*.

Do estudo rápido que fiz, notei que não quis aprender a dourar a trivialidade com grandes palavras e banalidades grandes, o que tem valido a muita gente uma falsa reputação de sábia.

Em sua prosa poética, em alguns artigos que li no *Eco Americano*, na revista *Artes e Letras*, de Lisboa, se mostra que a sua inteligência não está ao serviço da frivolidade.

Se ela governasse, nem os papas, nem os reis teriam horas certas para o descanso.

Há em todas as suas composições poéticas um ponto de fixidez imaginativa que anda ao par da vivacidade de emoções, e a expressão do sentimento é sempre forte e concisa.

A sua individualidade literária acusa um caráter leal e capaz de todos os sacrifícios pelas grandes causas.

Sabe ajustar o estilo ao assunto; é elegante nas descrições mais breves; tem graça e doçura a sua linguagem quando descreve a vaidade das outras mulheres. "O baile" é um modelo de sátira, de sarcasmo, de ironia discreta.

Os literatos brasileiros dirão o que eu não sei narrar, nem conhecer para expor.

# VI

Teófilo Braga, Luciano Cordeiro, César Machado, Adolfo Coelho, Bulhão Pato, Gomes Leal, E. Coelho, Silva Túlio, A. de Castilho, Silva Pinto e Teixeira de Vasconcelos, meus amigos, hão de deferir o seguinte requerimento:

"Peço um lugar de honra no auditório das vossas glórias literárias para a autora das *Nebulosas*."

Por uma vicissitude já vivemos como o povo hebreu; encerrado, nos limites da obediência, confiscado, regendo-nos com as leis do vizinho senhor. Remimo-nos do cativeiro. Queremos, hoje, celebrar as festas da inteligência em todos os altares onde a glória arquiteta-os. A isso se propõe este livro — que não envereda pela abóbada oca dos clássicos.

# NEBULOSAS

*Machado de Assis*[1]

Com este título acaba de publicar a sra. d. Narcisa Amália, poetisa fluminense, um volume de versos, cuja introdução é devida à pena do distinto escritor dr. Pessanha Póvoa.

Não sem receio abro um livro assinado por uma senhora. É certo que uma senhora pode poetar e filosofar, e muitas há que neste particular valem homens, e dos melhores. Mas não são vulgares as que trazem legítimos talentos, como não são raras as que apenas se pagam de uma duvidosa ou aparente disposição, sem nenhum dote literário que verdadeiramente as distinga.

A leitura das *Nebulosas* causou-me a este respeito excelente impressão. Achei uma poetisa, dotada de sentimento verdadeiro e real inspiração, a espaços de muito vigor, reinando em todo o livro um ar de sinceridade e de modéstia que encanta, e todos estes predicados juntos, e os mais que lhe notar a crítica, é certo que não são comuns a todas as cultoras da poesia.

Há, sem dúvida, alguma página menos aperfeiçoada, algum verso menos harmonioso, alguma imagem menos própria; mas, além de que estes senões melhor os conhecerá e emendará a autora com o tempo (e um talento verdadeiro

---

[1] Resenha publicada na *Semana Ilustrada*, suplemento de domingo da *Revista Ilustrada*, ano XIII, nº 629, 29/12/1872.

não deixa de os conhecer e emendar), é antes de admirar que o seu livro não saísse menos puro, dadas as condições de uma estreia.

Quisera transcrever aqui mais de uma página das *Nebulosas*; receio estender-me demais; limito-me a dar algumas estrofes. Sejam as primeiras estas que se chamam "Saudades", e que a leitora há de sentir que o são.

> Tenho saudades dos formosos lares
> Onde passei minha feliz infância;
> Dos vales de dulcíssima fragrância;
> Da fresca sombra dos gentis palmares.
>
> Minha plaga querida! Inda me lembro
> Quando através das névoas do Ocidente
> O sol nos acenava adeus languente
> Nas balsâmicas tardes de setembro;
>
> Lançava-me correndo na avenida
> Que a laranjeira enchia de perfumes!
> Como escutava trêmula os queixumes
> Das auras na lagoa adormecida!
>
> Eu era de meu pai, pobre poeta,
> O astro que o porvir lhe iluminava;
> De minha mãe, que louca me adorava,
> Era na vida a rosa predileta!...
>
> Mas...
> ... tudo se acabou. A trilha olente
> Não mais percorrerei desses caminhos...
> Não mais verei os míseros anjinhos
> Que aqueciam na minha a mão algente!
>
> . . . . . . . . . . . . . . . . . . . . . . . . . . . . .

Vê o leitor a harmonia natural destes versos, não menor nem menos suave que a destas estrofes da "Confidência", versos a d. Joanna de Azevedo, de uma amiga a outra amiga:

> Pensas tu, feiticeira, que te esqueço;
> Que olvido nossa infância tão florida;
> Que a tuas meigas frases nego apreço...
>
> Esquecer-me de ti, minha querida!?...
> Posso acaso esquecer a luz divina
> Que rebrilha nas trevas desta vida?
>
> . . . . . . . . . . . . . . . . . . . . . . . .
>
> Sem ti não tem o sol um raio terno;
> Contigo o mundo tredo — é paraíso,
> E a taça do viver tem mel eterno!
>
> Oh! envia-me ao menos um sorriso!
> Dá-me um sonho dos teus doirado e belo,
> Que bem negro porvir além diviso!
> Que a existência sem ti, é um pesadelo!...

São tristes geralmente os seus versos, quando não são políticos (que também os há bons e de energia não vulgar); a musa da sra. d. Narcisa Amália não é a alegria; ela mesma o diz na poesia que intitulou "Sadness", e que transcrevo por inteiro, e será esta a última citação:

> Meu anjo inspirador não tem nas faces
> As tintas coralíneas da manhã;
> Nem tem nos lábios as canções vivaces
> Da cabocla pagã!

Não lhe pesa na fronte deslumbrante
Coroa de esplendor e maravilhas,
Nem rouba ao nevoeiro flutuante
    As nítidas mantilhas.

Meu anjo inspirador é frio e triste
Como o sol que enrubesce o céu polar!
Trai-lhe o semblante pálido — do antiste
    O acerbo meditar!

Traz na cabeça estema de saudades,
Tem no lânguido olhar a morbideza;
Veste a clâmide eril das tempestades,
    E chama-se — Tristeza!...

Aqui termino as transcrições e a notícia, recomendando aos leitores as *Nebulosas*.

*M.*

## PERFIL DE ESCRAVA

*Narcisa Amália*[1]

Quando os olhos entreabro à luz que avança
Batendo a sombra e a pérfida indolência,
Vejo além da discreta transparência
Do níveo cortinado uma criança;

Pupila de gazela — viva e mansa,
Com sereno temor colhendo a ardência...
Fronte imersa em palor... Rir de inocência,
— Rir que trai ora a angústia, ora a esperança...

Eis o esboço fugaz da estátua viva,
Que — de braço em cruz — na sombra avulta
Silenciosa, atenta, pensativa!

— Estátua? Não, que essa cadeia estulta
Há de quebrar-te, mísera cativa,
Este afeto de mãe, que a *dona* oculta!

---

[1] Poema publicado no jornal O *Fluminense*, ano II, n° 156, Niterói,
9/5/1879.

# A MULHER NO SÉCULO XIX

*Narcisa Amália*[1]

I

Quando o século XIX comparecer perante a história — grave, sereno e altivo como quem esforçou-se por cumprir o seu dever — para submeter-se ao juízo iluminado da posteridade, há de ver-se coberto de bênçãos, coroado de flores, e erguido em pedestal glorioso acima de todos os séculos!

De fato, as descobertas maravilhosas que a ciência registra dia a dia; o desenvolvimento dos caminhos de ferro, que se multiplicam em ramificações infinitas; da navegação a vapor, que estende a todos os portos as vantagens do comércio; do telégrafo elétrico, que transporta pelo espaço azul ou sob as bagas mugidoras o pensamento do homem; as indústrias que se aperfeiçoam e originam novas indústrias; a exploração inteligente e audaciosa, que penetra no coração cheio de surpresas e perigos de países desconhecidos para desbravar caminho à corrente da migração europeia; a chuva de luz que cai copiosa aqui, escassa ali, a intermitências além, mas a todos os povos comunica o irresistível influxo da civilização; e mais do que tudo isso, o interesse apaixonado que hoje desperta a educação da mulher, são outros tantos títulos que possui o nosso século aos bravos da posteridade.

---

[1] Ensaio publicado na *Democrotema comemorativa do 26º aniversário do Liceu de Artes e Ofícios*, Rio de Janeiro, 1882, pp. 31-5.

## II

"A educação da mulher! Mas tem a mulher por acaso necessidade de ser educada? Para quê? Cautela! A mulher representa o gênio do mal sob uma forma mais ou menos graciosa e cultivar a sua inteligência seria fornecer-lhe novas armas para o mal. Procuremos antes torná-la inofensiva por meio da ignorância. Guerra, pois, à inteligência feminil!"

Eis a palavra do século passado. O que diria a idade de ouro da selvageria, quando o homem tinha o direito de vida e de morte sobre a sua companheira? Quando a mulher carregava-lhe a bagagem na emigração, a antílope morta na caçada e roía os ossos em comum com os cães? Desprezada, embrutecida, castigada e vendida, a mísera arrastava o longo suplício de sua existência até que a morte viesse libertá-la e a pá de terra levantasse entre ela e o seu opressor uma eterna barreira.

Nada há que justifique essa tenaz perseguição da mulher; e entretanto foi perpetuada de século a século! Na Ásia, de rosto sempre velado, ignorante e submissa como um cão, trabalhava, comia e chorava à vontade do senhor, sem que uma palavra de simpatia jamais lhe dilatasse o coração; na Índia, levavam-na mais longe: atiravam-na à fogueira no dia em que lhe expirava o marido! Em Babilônia era vendida em praça pública; em Esparta, escolhida ao acaso; em Atenas, circunscrita nos gineceus. Batida, aviltada e corrompida pelo homem, a mulher romana, por sua vez, bate, avilta e corrompe o homem no filho.

## III

Na Idade Média o horizonte torna-se mais tempestuoso; porém a mulher começa a ganhar terreno. A ignorância é geral: as damas mais nobres como os mais nobres senhores não sabem assinar o seu nome; entretanto, o culto do amor começa: a castelã arma o cavalheiro para o torneio e, com suas próprias mãos, pensa-lhe as feridas recebidas nos combates. Mas o sopro irresistível do progresso esgarça todas as nuvens; a Europa vai procurar sobre o solo do Oriente o vestígio do pensamento esvaecido; renascem as belas artes; Gutenberg inventa a imprensa e a aurora do pensamento feminino surge indecisa, visando a faixa plúmbea o infinito. Abre-se o salão: a mulher aprende a falar, a raciocinar, a conversar, a despeito do riso sarcástico de Molière; o salão, porém, já não a satisfaz; a sua ambição desperta, aspira mais: cria a correspondência. De posse desta última conquista, e devorada ainda pela sede do desconhecido, empenha-se corajosamente nas lutas da filosofia; procura na página algébrica do céu um novo argumento contra a revelação; arma em silêncio o seu espírito para, na hora da revolução, legar à história o nome de Mme. Roland, e, finalmente, no século XIX fala, pensa, escreve e trabalha como o homem!

## IV

Foi a América do Norte, essa nação tão nova e tão grande já, que dominada pela febre da inovação e do progresso, ergueu primeiro o lábaro da revolta em prol da mulher.

Atrevida nas suas concepções, imaginou que todo o seu futuro dependia da educação de suas filhas; e mais audaciosa ainda ao realizá-la, criou para ela: uma faculdade de Medicina em Boston. A iniciativa particular correu logo a secundar os seus esforços: uma nova faculdade foi criada na Filadélfia, ao passo que as escolas de Siracuse e Cincinnati faziam-se mistas para distribuírem igualmente o diploma de médico aos dois sexos.

Ainda mais: a mulher até ali excluída do sacerdócio pelo catolicismo e pelo protestantismo, que a consideravam indigna da revelação divina, tomou posse da palavra do Evangelho e subiu ao púlpito para pregar à multidão surpresa o verbo divino da fé!

A esta rápida e prodigiosa transfiguração da mulher americana, a França e a Bélgica franqueiam hesitantes às suas filhas as portas das academias de Direito e de Medicina; e elas provam, por sua vez, exuberantemente perfeita aptidão para todas as ciências!

A mulher no século XIX acha-se, portanto, emancipada, isto é, entra na posse de si mesma, conquista o direito divino de sua alma, em uma palavra, transfigura-se. O que lhe falta ainda para ser feliz?

— À que está emancipada, pouco; mas à que está por emancipar-se, tudo. E neste caso está a mulher brasileira.


V

Entre nós a instrução, mesmo a mais elementar, tem até aqui constituído monopólio do homem. Ora, à medida que o homem sobe, a mulher desce, naturalmente, e essa diferença cria entre ambos uma profunda separação intelectual e moral que arrasta consigo todas as desordens do lar.

Educada para agradar, de posse de algumas prendas, mais ou menos polida pela frequência dos saraus dançantes ou musicais, conhecendo os dramas do coração pelo romance ou pelo teatro, sem uma ideia séria, sem um plano determinado de vida, a menina brasileira transpõe sorrindo o limiar do casamento, com sua fronte sonhadora aureolada pelo véu da pureza, e penetra sem consciência no que há de mais sério, de mais grave, de mais solene na terra: — a vida da família!

Quando, porém, passado o primeiro período do enlevo mútuo o marido compreende que não pode dar à sua esposa mais que a confidência do coração; quando reconhece que ela não pode absolutamente corresponder às expansões do seu espírito e que deve sufocar no íntimo o que sente de mais superior em si, o divórcio moral se estabelece entre os esposos, o encanto da intimidade morre inevitavelmente para ambos. Ele vai procurar no exterior o que não pode encontrar no lar; ela chora, lamenta-se, e transvia-se se é fraca, ou volta-se para a religião e resigna-se, se foi educada por uma mãe piedosa.

O casamento, neste caso, é a calúnia do casamento. O que podem ser os filhos nascidos de semelhante união, educados por esta mãe ignota, desenvolvidos neste lar em perpétua e desoladora desordem?

## VI

Não é esta, por certo, a missão da mulher moderna na família e na sociedade.

Mas para que a estátua tome posse do seu pedestal, para que a mãe irradie todo o brilho de sua dignidade, é preciso educar a menina e educá-la, em primeiro lugar, para o amor, isto é, desenvolver-lhe a faculdade de sentir, pois sentir é amar o belo, é admirar o grande! Amar o belo na natureza faz o poeta e o artista; e que mal acarretará à sociedade a melodia, a tela, ou mesmo a ode de uma mulher? O que é a poesia, senão o misterioso e divino elance da alma para o céu, sobre a aura luminosa do lirismo?

Em segundo lugar, fortifique-se-lhe a razão pela cultura da inteligência, pois só a razão pode compreender a verdade e por consequência demonstrar o erro. Ensine-se-lhe a história, que faz viver em todos os séculos; a história natural que nos põe em contato com a natureza — a moral que nos rege e inspira-nos a noção do destino —, a higiene que é tão necessária no seio da família.

A menina opulenta poderá alargar o círculo dos seus conhecimentos na medida dos seus recursos; mas assim preparada com o seu caráter formado e a alma inundada por tudo o quanto é belo, nobre e santo no mundo; fortificada pela consciência de seu valor moral e escudada por essa altivez serena da virtude em repouso, a filha do povo achar-se-á habilitada para penetrar na vida da família. O seu espírito iluminado saberá entreter pela perpétua permuta da simpatia e do pensamento o fogo sagrado do amor conjugal; o casamento então existirá de fato, e a mãe, compreendendo a sua difícil e gloriosa missão na terra, se dedicará com o entusiasmo de que só ela tem o segredo à criação da alma, à formação do caráter, ao desenvolvimento da inteligência do filho que embala no berço.

Guiado por essa mão firme, previdente e esclarecida, a que grau de perfeição não atingirá o homem do futuro?

## VII

Convicto dessa grande verdade, que aliás acha-se hoje na consciência de todos, um homem de grande inteligência e raro coração compreendeu e criou entre nós o Liceu para mulheres. A sua inauguração foi um triunfo; a sua existência será gloriosíssima!

Honra, pois, a essa utilíssima instituição em cujo grêmio a filha do povo afidalga-se pela instrução e de onde sairá mais tarde a futura cidadã brasileira!

# POR QUE SOU FORTE

*Narcisa Amália*[1]

A Ezequiel Freire

Dirás que é falso. Não. É certo. Desço
Ao fundo d'alma toda a vez que hesito...
Cada vez que uma lágrima ou que um grito
Trai-me a angústia — ao sentir que desfaleço...

E toda assombro, toda amor, confesso,
O limiar desse país bendito
Cruzo: — aguardam-me as festas do infinito!
O horror da vida, deslumbrada, esqueço!

É que há lá dentro vales, céus, alturas,
Que o olhar do mundo não macula, a terna
Lua, flores, queridas criaturas,

E soa em cada mouta, em cada gruta,
A sinfonia da paixão eterna!...
— E eis-me de novo forte para a luta.

Resende, 7 de setembro de 1886

---

[1] Poema publicado no *Diário Mercantil*, São Paulo, 19/9/1886.

# SOBRE A AUTORA

Filha de Narcisa Ignácia de Oliveira Campos e Joaquim Jácome de Oliveira Campos Filho, ambos professores, Narcisa Amália de Campos nasceu em 3 de abril de 1852 em São João da Barra, no estado do Rio de Janeiro. Em 1863, muda-se com a família para Resende, então próspera região cafeeira às margens do rio Paraíba, onde viveria até os 35 anos. Seu pai, que era também poeta e redator em diversos jornais, proporcionou à filha estudos de latim, francês, música e retórica, educação pouco comum para a época. Dois anos depois de instalados em Resende, Narcisa Amália já auxiliava sua mãe no exercício do magistério no Colégio Nossa Senhora da Conceição.

Uma de suas primeiras participações na imprensa foi, aos dezoito anos, a tradução do francês do livro *Os climas antigos*, de Gaston de Saporta, um estudioso das transformações climáticas, que é publicada em capítulos no jornal *Astro Rezendense*. A essa se seguirão muitas outras colaborações em diversos jornais e revistas do país, e também em Portugal. Em 1884, funda em Resende *A Gazetinha: Folha Dedicada ao Belo Sexo*, que circula quinzenalmente como suplemento do jornal *Tymburibá*. Sua presença assídua na imprensa difundiu seu nome para um amplo círculo, e hoje ela é reconhecida como a primeira mulher a se profissionalizar como jornalista no Brasil.

Em 1872, com vinte anos, publica pela editora Garnier, do Rio de Janeiro, seu livro de poemas *Nebulosas*. A obra é bastante comentada e vale à autora diversas homenagens. Admirada por sua beleza e inteligência, tratada por muitos como "musa inspiradora", Narcisa Amália foi alvo de elogios entusiasmados, mas também de críticas ácidas. Estas, de modo geral, consideravam inadequado que uma mulher se manifestasse com liberdade e ousadia sobre temas políticos como o fim da escravatura e da monarquia, e em prol da república, da democracia, da emancipação popular e, sobretudo, da condição feminina. Neste último aspecto, não cabe dúvidas de que, com sua permanente defesa do direito da mulher à educação superior, ela foi uma das pioneiras do feminismo no Brasil.

Após um breve casamento em 1866, quando tinha treze anos, Narcisa Amália casou-se novamente em 1880, aos 28 anos, com Francisco Cleto da Rocha, dono de uma padaria em Resende. Segundo depoimentos familiares, após alguns anos o marido, ressentido com a vida intelectual da esposa, proibiu-a de frequentar saraus literários e teria até trancado as portas e janelas da casa para impedi-la de sair, ao mesmo tempo que espalhava a calúnia de que não era ela a autora de seus versos, mas um homem. Narcisa separa-se de Cleto da Rocha em 1887 e muda-se no ano seguinte para o Rio de Janeiro, levando consigo a filha, Alice Violeta, nascida em 1883. Na então capital do país, prestou concurso público, o que lhe permitiu ganhar a vida como professora primária, e chegou a fazer parte do Conselho Superior de Instrução Pública. Sua filha seguiu também a carreira de professora no Rio de Janeiro, casou-se em 1905 e lhe deu dois netos, Vera Violeta (1907) e Roberval (1908). Narcisa Amália faleceu em 24 de julho de 1924, aos 72 anos, após ter dedicado as últimas décadas de sua vida ao ensino público.

# SOBRE A AUTORA DA APRESENTAÇÃO

Professora, historiadora e socióloga, Maria de Lourdes Eleutério nasceu em Jaú, São Paulo, em 1952, e graduou-se em História na Pontifícia Universidade Católica de São Paulo (PUC-SP) em 1975. Concluiu o mestrado na mesma universidade em 1985, com uma dissertação sobre a prosa de ficção de Oswald de Andrade e suas relações com a história do Brasil. Doutorou-se em Sociologia pela Universidade de São Paulo em 1997, com uma extensa pesquisa sobre escritoras brasileiras dos séculos XIX e XX — entre elas, a poeta e ensaísta Narcisa Amália —, investigando a dominação masculina e a violência simbólica na formação intelectual das mulheres. Entre 1994 e 1998, trabalhou no Instituto de Estudos Econômicos, Sociais e Políticos de São Paulo (IDESP), integrando a pesquisa coletiva "História Social da Arte no Brasil". Começou a lecionar em 1974, tendo trabalhado no ensino fundamental, médio e superior em várias instituições públicas e privadas. Desde 2009 é professora do curso de Artes Visuais da Fundação Armando Alvares Penteado (FAAP), em São Paulo. É autora dos livros *Oswald: itinerário de um homem sem profissão* (Editora da Unicamp, 1989) e *Vidas de romance: as mulheres e o exercício de ler e escrever no entresséculos (1890-1930)* (Topbooks, 2005), além de *Heitor dos Prazeres* (em colaboração com Elaine Dias) e *Antônio Parreiras*, ambos publicados pela *Folha de S. Paulo* e Instituto Itaú Cultural em 2013. De Oswald de Andrade, prefaciou a obra *A revolução melancólica* (Globo, 1991) e assinou o posfácio da edição fac-símile do jornal *O Homem do Povo* (Imprensa Oficial/Museu Lasar Segall, 2009, 3ª edição). Sobre escritoras e modernismo, publicou, entre outros, os artigos "A jovem amorosa e o crápula forte", uma análise da criação literária conjunta de Patrícia Galvão e Oswald de Andrade (in *Criações compartilhadas*, Mauad/Fapesp, 2014), e "Elas eram muito modernas" (in *Modernismos 1922-2022*, Companhia das Letras, 2022).

ESTE LIVRO FOI COMPOSTO EM SABON,
PELA FRANCIOSI & MALTA, COM CTP E
IMPRESSÃO DA EDIÇÕES LOYOLA EM
PAPEL PÓLEN NATURAL 70 G/M² DA CIA.
SUZANO DE PAPEL E CELULOSE PARA A
EDITORA 34, EM JANEIRO DE 2025.